アックス

恐妻家

〔日〕伊坂幸太郎　著

边大玉　译

南海出版公司

新经典文化股份有限公司
www.readinglife.com
出　品

恐妻家

目录
CONTENTS

螳螂

AX

兜

钥匙缓缓插入了玄关的门锁。动作虽然已经放得极轻，但随之而来的咔嚓声还是让兜紧张不已。什么时候才能发明出无声门锁啊！兜绷紧了神经，小心翼翼地转动手腕。门锁打开的声音令他一阵胃痛。他打开房门，早已熄灯的家中一片寂静。

他静静地脱了鞋，蹭着走廊的地板向前走去。客厅很暗。全家人——虽说就两个——应该都已经睡了。

兜屏住呼吸，小心地留意着动作向二楼走去。上楼后，他进入右手边的房间，打开灯，竖起耳朵。终于，他缓缓地舒了口气，这一刻他才放松了下来。

“我说兜啊，你都有老婆了，一会儿回家不会还是偷偷吃泡面吧？”有个同行曾经如此打趣过兜。那是一个疯狂沉迷于儿童电视节目《托马斯和他的朋友们》的怪人，业界人称“柠檬”，性格粗暴，举止轻浮，但技能高超。当时他们分别受不同人委托刺杀同一目标，双方联手完成任务后，兜等人刚刚喘口气的工夫，柠檬便一脸得意地抛出了关于《托马斯和他的朋友们》的古怪问题，问他们多多岛是谁负责修建的。可能是见无人愿意回答，柠檬只好又将话题引到了兜身上。

“兜，你家人知道你是干什么的吗？”提问的是柠檬的搭档蜜柑。二人体格相仿，性格却截然相反，可能这也正是他们能够顺利合作的原因吧。也许是觉得娶了老婆的同行实在太少，所以二人问的问题都非常直接。

“当然不知道。”兜立刻答道，“他们要是知道家里的顶梁柱做这种危险可怕的工作，大概会绝望吧。平时我是文具厂的销售。”

“这是你在家人面前的伪装吗？”

“差不多吧。”兜确实在文具厂工作。彼时，儿子刚刚出生，兜才二十五岁左右，通过中途录用的方式加入了公司，此后一直做正式职员。如今，兜大概四十五岁，在销售部也算得上是个老手了。

“家里的顶梁柱干着这种不要命的工作，回了家夜宵就是一碗泡面，这也太惨了吧。”柠檬打趣道。

“瞎说什么？”兜怒道，“怎么可能吃泡面！”

或许是因为兜的语气听上去很强硬，柠檬条件反射般向后仰了一下，紧张地说道：“别生气啊。”

“我没生气。”兜稳了稳声音继续说道，“泡面，其实声音是很大的。”

“什么意思？”

“拆塑料包装的声音、撕开盖子的声音、倒热水的声音……如果半夜吃，声音会显得很大。”

“反正又没人注意。”

“我老婆注意。”兜说，“那声音很大，还把她吵醒过。她在公司上班很认真，因为路上时间比较长，早上也得很早起床。如果半夜被泡面的声音吵醒，那可就大事不妙了。”

“大事不妙？什么大事不妙？”

“第二天早上见面时的那种压抑真是一言难尽。她叹的气要是堆在一起，恐怕能吞没家里的地板。这可不是比喻，而是真的很憋闷。她一说‘你吵得我都睡不了觉’，我的胃就一阵绞痛。这种感觉你们不会懂的。”

“兜，你别开玩笑了，你还会紧张？我无法想象。”

“真的。我工作的时候不紧张，做好分内之事罢了。”

“对老婆就不是这样吗？”

“当然。”兜点了点头。

“那你怎么办？如果不能吃泡面，吃零食会发出声音啊。”蜜柑那有着双眼皮的眼睛仿佛满是忧愁地望向了兜，“你饿了怎么办？”

“香蕉，或者饭团。”兜一脸认真地答道。

面前的两个同行恍然大悟，不禁感到钦佩。“你还真是聪明。”

兜却立刻打断道：“想出这个办法的人还是太天真了。”

“这样还算天真吗？”“香蕉和饭团都不会发出声音吧？”

“你们听好了，虽然是半夜，我老婆偶尔也会不睡觉，等我回去，有时候还会给我做晚饭或者夜宵。”

“是吗？”

“平均下来一年能有三回吧。”

“不少嘛。”蜜柑这次明显是嘲讽的语气。

“这种时候就会吃她做的饭，量还挺大的，当然也就不会想吃饭团或者香蕉了。”

“还能这样啊。”

“记住了，便利店的饭团保质期很短，到第二天早上就不能吃了，而香蕉居然也很容易坏。”

“所以？”

“最后我选择的是……”

“选择的是……”蜜柑重复道。

“香肠，鱼肉香肠。既没声音，也放得住，还能填饱肚子，堪称最佳选择。”

柠檬和蜜柑瞬间安静了下来。

“半夜在便利店里，我经常能看到和我一样下班回家的父亲在挑选饭团或者香蕉。每次看到，我都不由得感慨他们还是太天真了。”兜继续说道，“最后我选择的，是鱼肉香肠。”

柠檬怔怔地望着发言完毕的兜，慢慢地鼓起掌来，起先断断续续的掌声变得越来越快，仿佛是看完演出后起立，热烈地鼓掌向演员致敬一般，他的表情极为真诚。“兜，你能把这么惨的事情讲得如此帅气逼人，实在太感人了！”说罢，柠檬又拍了两下手。

旁边的蜜柑愁眉苦脸地说：“太蠢了！在咱们这行提起兜，那就是高人一等的行家，甚至是高人两等也不为过。要是让别人知道你是这么个妻管严，怕是有人要失望喽。”

说起来，最近好像都没怎么见到那两个人呢。兜回想着，脑海中浮现出了柠檬说“负责修建多多岛的是珍妮·帕卡德”时一脸得意的表情。

兜拿出装在西装口袋里的鱼肉香肠，无声地撕开包装，一口咬了下去。空空如也的肚子得到了香肠的抚慰，但椅子发出的嘎吱嘎吱声又令兜一下子焦虑起来。老婆没醒吧？他竖起耳朵小心地听着。

兜

兜早上起来的时候，妻子已经准备要出门了。“不好意思，早饭在桌子上，你快吃吧。差点忘了早上还要开会，我先走了。”她边说边打开玄关的门，飞奔了出去。

“去吧，去吧。”兜回应道，转身走进盥洗室。洗完脸，上完厕所，他朝餐桌走去。抬头看了一眼墙上的时钟，已经早上七点半了。

妻子不在家，气氛就会轻松一些。兜并非很难和妻子沟通或是很讨厌妻子，反倒可以由此断言，在这么长久的婚姻生活中，两个人的感情没有丝毫改变，只是兜一直谨小慎微地照顾着妻子的心情。而妻子也仿佛生出了尾巴，虽不像老虎尾巴①那般，却也会在家里的地板上悄无声息地扫来扫去，不知何时就会不小心踩到。

电视开着。早间新闻结束后，一个年轻女人站到气象图前，解说着关东地区本周的天气。

“这个人长得挺像你妈妈。”兜说。儿子克巳早已在餐桌旁坐好，啃着一片吐司。他鼻梁高挺，瞳仁黑亮有神。他还是高中生，却一副少年老成的模样。毫不偏心地说，兜觉得儿子眉宇间显露出的坚强与脆弱交织的感觉颇具魅力，应该是像他妈妈。

“像我老妈？不，不，一点都不像。这人才二十多岁。”

“再过二十年，就和你妈妈一样了。”

“要这么说的话，”克巳指着桌上那个看起来很有来头的进口茶杯说，“千年以后，这东西也会变成陶器呢。”

“陶器怎么了？那可比杯子贵重多了，再说这杯子也不是黏土做的。反正这个播天气的姑娘长得挺像你妈妈。”

“老爸，你也太先入为主了吧。”

“我？太先入为主？”

“嗯。你一旦认为这件事就是这样，就会相信那是事实。”

“是吗？”

---

①日本有一句谚语，写作“虎の尾を踏む”，直译为踩到了老虎的尾巴，比喻非常危险。

“以前不也是这样？走着走着看到一栋大楼前聚着好多人，又听见远处传来消防车的警笛声，你就自信满满地说是那边着火了。”

“好像是有这么一回事。”

“结果是商场大甩卖，大家在排队而已。”

就在这件事发生的前一天，兜刚从同行那里听说最近出现了一个纵火集团，在这件事上他确实有些先入为主了。但这又没办法跟儿子解释，再说也确实是他弄错了，他只好回应道：“是吗？”

“还有，送快递的姐姐不再来了，你就煞有介事地说人家无证驾驶的事被拆穿了。”

“那段时间，新闻上经常说无证驾驶的送货司机啊。”

“你总是这样，很快将信息拼在一起，然后急于下结论，什么都要联系到一起。老爸啊，你这种想当然的做法真得改改了。”

兜对此并不认可，虽然无奈，却未反驳。“可能我就是这种人吧。”他含糊地回应道。

克巳仿佛没听见父亲的话，只是直勾勾地盯着电视。“说起来，该不会真的出轨了吧？”克巳小声说了一句。

闻言，兜吓得差点从椅子上摔下来，全身不由得打起了冷战。“你胡说什么！”他的声音陡然拔高，“这种事别乱说！”

“哎？我在说这个播天气的姐姐啊，之前网上的新闻都写了，说她和这个节目的制作人有不正当关系。”

“哦，你说她啊。”

“不然我说谁？”

“没谁。”兜说完后，觉得这么不清不楚的回复容易让儿子产生什么不好的误会，便又加了一句，“我可没出轨。”这话说完，倒显得他更加可疑了。

“果然还是漂亮的女人厉害啊。”克巳忽然说道。只见他单手托着下巴，脸颊像是要被捏坏了一般，视线依旧没有离开电视，仿佛是在自言自语。

兜自然不能装作没有听见，便问道：“哪里厉害？”

“男人嘛，见到美女就束手无策了吧？”

“你一个高中生懂什么。”

“我是在学校学的啊。”

“学校？哪门课教的？”

克巳好像这才意识到坐在旁边的人是自己的父亲，瞬间调整了坐姿。“不是。一个月前有个老师要休产假，就来了个美女老师代课。”

“是不是美女全靠主观判断。”

“她说是语文老师，却一点水平都没有，字也不会写，太宰治的名字也念不对。”

“这样也能当语文老师？”

“长得好看就完全没问题了。”

“不会吧？”

“真的，那些上了岁数的男老师看见她都笑眯眯的，连校长也被迷得七荤八素。”

“你们也是吧？”

“我不否认。”

克巳没有再说话，兜则继续吃着吐司，看着电视。过了一小会儿，克巳说：“前阵子，我亲眼看到了。”兜这才意识到对话还没结束，同时又觉得儿子亲眼看到的该不会是他工作的危险场面吧，声音便又陡然拔高了：“什么意思？”

“有一天放学后，天都黑了，我正好经过视听教室，看见那个老师在里面。”

“那个美女老师？”

“嗯，还有一个年轻的男老师也在。他是隔壁班的班主任，姓山田，热血又认真。他俩面对面站着，不知道在干什么。”

“山田老师加油啊。接下来会是让人心跳加速的发展吗？”

“怎么可能这么悠闲，毕竟山田老师都结婚了。”

“什么？”兜双臂环抱，皱起了眉头，“这是另一种意义上的心跳加速了。山田老师小心啊。”

“什么意思啊，老爸？”

“山田老师和美女老师已经公开关系了吗？”

“估计只有我们知道吧。有一次在视听教室的时候，这两个老师突然进来，我们只好躲起来了。”

“我们？看到他俩的不止你一个人吗？还有谁？”

糟了，说了多余的话，克巳脸上满是懊恼不已的表情。这时，兜心想儿子应该是和同班的女生在那里卿卿我我吧。

“我说的我们，就是我，”克巳移开视线，板着脸答道，“和老爸你呀。我刚刚不是告诉你了吗？所以，知道这件事的，就是我和你两个人。”

“那就这样吧。”

“那种女人是不是就叫狐狸精？能把认真的热血教师山田骗了。”

“也许是男方主动的呢？”

“但山田老师是个认真的人啊，难道是因为罪恶感击垮了他？”

“击垮？”

“他最近都请假不来学校了。别的老师都说他是因为生病了需要休息，但我觉得他应该是不愿意来学校吧。”

“老师不愿意来学校？”

“女人真是恐怖啊。”

“有恐怖的女人，也有不恐怖的女人。男女都是各种各样嘛。”

“对了，母螳螂交尾时会把公螳螂吃掉，对吧？”克巳问道。

“啊，那个啊。”

“所以公螳螂只是用来交配的吧？”

“不是。”兜解释道，这还是以前某个同行告诉他的。“螳螂的视野很广，而且动作很敏捷，所以母螳螂是把身后的公螳螂当成敌人来攻击了。这是意外。”

“那也很恐怖啊。”

“螳臂当车，你知道吗？”这其实也是同行教给兜的，但彼时兜并不知道螳臂当车的螳是指螳螂，还反问“是像放到水上的灯笼那样的东西吗”，结果被同行嘲笑了半天。[1]

“是像放到水上的灯笼那样的？”克巳问道。

兜叹了口气。“是螳螂。你想想螳螂举起斧头似的前臂的样子，看起来勇猛无比，但也就是一只螳螂而已。”

“像‘败犬的远吠[2]’那种意思？”

“差不多，但也不太一样，毕竟螳螂以为自己能赢。它很弱小，但依然拼死反抗，这样的姿态称为‘螳臂当车’。”

“老爸总是惹老妈生气，像个受气包一样，偶尔也要奋力一击试试呀。”

“举起斧头，奋力一击。”

“但这个成语没有‘如果螳螂有意那么做，就能一击毙命’的意思吧？”

“说起来，意思还是无力的抵抗。”

克巳脑海中仿佛已经浮现出父亲的斧头被折断的场景，不禁同情地看向了兜。

“我倒是觉得螳螂的斧头不容小觑。”兜说道。

“螳螂总有一天会奋力一击。”

“正是。不过话说回来，老师不愿意去学校也太……”

“现在好像挺常见的呢。毕竟如今的日子可比你当学生的时候

---

①“螳臂当车”，日语写作“螳螂の斧”，直译为螳螂的斧头。日语中，“螳螂”和“灯笼”发音相同。

②指弱者只会在强者背后说坏话、逞威风。

要辛苦得多。”

“什么时候日子都不好过啊。”

“比如说？”克巳语气强硬地问，仿佛是在挑衅和试探。对于儿子来说，不能不去考虑父亲究竟是伙伴、敌人还是竞争对手。

“比如说，叫你去搬那些巨大的石头盖金字塔，痛苦吧？可是在三千多年前，有些人就是这样生活的。还有人做青铜器啊彩纹陶器啊……”

“这都追溯到美索不达米亚了。我说老爸，你还真是喜欢陶器。”

“也不是这个意思。”

“啊，对了，老爸，你会来参加高考志愿填报的辅导吗？”克巳看着电视问道。

“高考志愿填报的辅导？”兜皱起了眉头，“家长也要去吗？”

“我想着让老妈去就行了。”

“不，我肯定也去。”兜立刻答道。

“没关系。那天是工作日，你还要上班吧。”

“哎，你知道我最想做的事是什么吗？”

“不知道。”

“是担心儿子的未来。对于学校的事也好其他的事也罢，总是认为这么做不行那么做也不行，能像这样为你的人生烦恼，就是我想做的事。”见克巳面露不悦，兜却丝毫没有在意。毕竟，这就是他的心里话。

兜

“我推荐你做这台手术。”一个戴着圆框眼镜、身着白大褂的男医生坐在兜面前说道。看着他面无表情的冰冷面孔，兜觉得他就是一台具备扫描或者拍片功能的医疗器械。

这是一家开在东京市区的内科诊所，位于办公楼群一角的大厦中间楼层。候诊室里稀稀落落地坐着几个患者，从医疗水平和处方来看，再多些患者也不足为奇，但或许是医生冷漠的态度和诊所内冷清的氛围抵消了优点，不过这家诊所大体还算值得信赖。

“不，还是算了。反正是恶性吧？”兜指着医生摊开的病历说道。

医生点了点头。

“我说过，恶性手术我不做了。说不定会死在手术台上的。”

“你还没到那把年纪。”

这个冷面医生皮肤很有光泽，皱纹也很少，不知多大年纪。只是从兜二十多岁开始，他就一直担任兜工作的中介，这么多年容貌未改，但应该也不年轻了。他说话谦逊有礼，始终带着精通业界一切技能的威严。

“不行，我不能再乱来了。”兜回答道。

“像你这样处理任何手术都冷静又高明的人不多了。”

医生从不恭维，就像车载导航里常说的那句“没关系，您可能迷路了，但还是按照导航的指示开过来了哦”一样没有奉承。所以，这个评价所言非虚。

“我想早点辞职。”

“出院，是要花钱的。”

这个人真的打算让我退出这行吗？兜不禁想。在近二十年的时间里，兜的所有工作都是这个男人介绍的，他给的指令是去杀这个人或者去解决那个人。看来除了兜，他应该还有其他“患者”。

目标的相关情况记录在那本摊开的病历上。如果不知道“手术”对象的姓名和住址，就会将其特征信息和委托人开出的条件用一般人看不懂的医疗术语或德语写在上面。另外，目标的照片也会贴上，但需要蒙上特定的滤片才能看到，否则就只是一张满是阴影的X光片。

医生将中介的工作资料伪装成病历，与诊所的真实患者的病历混在一起保存。如此想来，病历确实最适合隐藏情报——里面记录的都是个人信息，所以不会轻易被第三方看到。

在这里工作的护士中，有一个同样年龄不详的女人，看上去明显对医生的中介工作了然于胸，而其他的年轻护士恐怕就一无所知了。可能正是因此，他们在交流工作时大多用伪装成医疗术语的暗号，或将文件直接夹进诊疗资料中。所谓“手术”即暗杀，“恶性”则表示目标是行家。

兜在克巳出生时便开始考虑金盆洗手，但真正和医生谈到这个话题是在五年前。医生既不惊讶也无喜色，只是像在读《六法全书》[1]一般语气平淡地说道："为此是要花钱的。"虽然不清楚这笔钱到底要做什么用，也不知道要把钱交给谁，但即便是兜，也终究无法立刻拿出那笔足够买下一幢独栋小楼的巨款，结果也只好不得不无奈地"为了攒钱辞职而继续工作"。

"你应该知道吧？恶性手术的收费更高。而且你以前不是说过吗？反正都要手术，不如找个良心上过得去的。"

"是吗？以前我倒是没想过这些。"

克巳小的时候，兜给他读过很多日本神话传说，可能多少与这有些关系吧。兜半带认真地回想着。

善良老爷爷的辛苦得到了回报，坏蛋老爷爷受到了惩罚，正所谓善有善报，恶有恶报。读着这样的故事，兜第一次感觉到，轻易杀害一个没有做过坏事的人并不是一件好事。再说，他所杀之人也有父母，可能也曾像这样听父母讲过日本神话传说。兜的思绪不由得飘远了。兜很清楚理想与现实之间的差距，但他还是希望尽可能不去滥杀无辜。

"看来你肯定要做恶性手术了。"

此话不假。如果目标是以违法的危险工作为生的同行，确实会减轻罪恶感，就像一个坏蛋老爷爷被另一个坏蛋老爷爷消灭了。

"总之，要是有其他好的手术，你能再联系我吗？"

"好的。不过这阵子的工作可能不好做。"

"是吗？"

①收录日本宪法、民法、商法、刑法、民事诉讼法和刑事诉讼法等法令的书。

医生一边在手边的白纸上写着什么，一边像是在说明病情一般，夹杂着暗号低声说：“这个地区出现了一伙想要搞点大动作的犯罪集团，有传言说他们计划安装炸弹，并在某处挟持人质。如果计划实施，市里的警察将会进行严密的监视。”

“那这边的生意该不好了吧？”兜悄声问道。

医生点了点头。

“干脆让我把那些想引爆炸弹的家伙解决掉算了。”兜开玩笑地说。

医生却笑也不笑，只是问道：“药还够吗？”这是在确认武器是否需要补给。

“再给一点吧。”兜答道，他确实想要一些子弹。干这行的人可以在几家店自行购买武器装备，而且这些店从表面上看不过是渔具店或录像带出租店，但要是有医生帮忙准备，会省事不少。

医生开好了处方。

拿着这个处方去隔壁药店，就会换到一张卡片。第二天前往指定的储物柜，凭卡片和密码就能打开柜门，领到需要的装备。

从车站回家的路上，兜恰巧经过了克巳就读的高中。也许是前几天早上克巳问他会不会去参加高考志愿填报辅导一事还在脑海中盘旋，兜才特意选择了这条不常走的路。

“我说，你都不关心克巳的事吗？”妻子曾这样责备兜。如今回想起来，那差不多是四年前的事了。

当时兜正在客厅看深夜电视节目，电视里播放着学校供餐方面存在的一些社会问题。兜突然想到——真的只是突然想到——一件小事。“克巳的学校也是供餐制的吧？”他确实没有什么深层的意图，只是想夫妻间说说话，通过语言的“投接球游戏”交流一下。更进一步地说，兜其实知道克巳去学校都是自带便当，只不过他觉得看着这样的电视节目问出这种问题应该不算说错了话，而且很适合作为抛出话题的第一球。

然而，兜轻柔抛出的这一球，竟被妻子迅速投回，且球速极快，兜的脸色一片惨白。本想和妻子玩投接球游戏，没想到对面的妻子已然置身比赛，只见她紧握球棒，以为来的是好球，便用尽全力将球棒挥出……

“你连儿子上学要自带便当都不知道吗？每天早上我一大早起来，不就是在做便当吗？”妻子连珠炮般说个不停，“还不是你每天早上起得太晚。你这个班上得可真闲。”

至此，话题已然开始转移。

这时，兜的大脑无法正常运转了——如果真心服软，他心里会觉得难受；但要顶嘴反驳，只会徒增争吵的时间。所以，兜选择心如止水，放空一切，接受妻子的批评。他答道：“确实，我可能没怎么关注过儿子的事。”承认错误，认真反省，保证改进，才是让事情圆满解决的最佳方式。当然，最后也别忘了关键的一点，那就是要自然地流露出对妻子的感激之情："其实我觉得自己挺关心儿子的，但听你这么一提醒，我深切地感受到自己做得还远远不够。多亏了你，我又成长了许多。"

彼时的痛苦回忆和此次的高考志愿填报辅导交织在一起，让兜不由得感到有必要趁现在先了解一下儿子高中的情况。

兜沿着学校前的人行道向前走，眺望整个学校，能看到古老的校舍和宽阔的操场。在住宅如此密集的地区，能有这般规模算是相当奢侈了。据说在"二战"结束后，这片土地的持有者为了孩子们的学业而将全部土地捐了出来，不过真假尚无定论。一旦这所学校的学生人数减少，恐怕很快就会被拆毁翻新，建成高级住宅出售。

以这里绝佳的地理位置来说，操场确实大得有些浪费。兜不知不觉间停下了脚步，漫不经心地朝里面望去。

貌似是足球部和田径部的学生们正在跑步。不知道克巳加入了什么社团活动，兜对此没有印象，更不可能去向妻子寻求答案。

这时，兜注意到栅栏另一侧那片宽阔操场的跑道附近站着一个年轻的女人。她穿着一身长裤款式的黑色西服套装，散发出与高中生截然不同的成熟魅力，不过也就是二十七八岁的样子。

这就是克巳提到的那个代课的美女老师吧，兜立刻心领神会。

不知是掉了什么东西还是要埋什么重要的物品，只见她一脸严肃地轻抚着地面。就在抬起头的一瞬间，她正好与兜四目相对，浮现出略显吃惊的表情。

兜本想转身离开，但又觉得有些别扭，便轻轻地点了点头。对方僵硬地点头回应，可能她觉得兜是个喜欢观察学校学生的可疑男人吧。

兜想告诉她自己是学生家长，但距离有些远，也不可能大喊，只得作罢。

这时，美女老师突然莫名其妙地扑哧一声笑了出来。

兜不禁四下张望。毕竟这要是让妻子看见了，可就麻烦了。

“哎，你还记得从这儿往西的那条街上，有一家人从来不按规定扔垃圾吗？”

当晚，克巳在二楼睡下后，兜在客厅吃着蛋糕。那是妻子在下班回家的路上看到新店开张买回来的，还说“想尝所有味道”，便将店里剩下的六种蛋糕各买了一块。

“克巳不吃，那就咱俩分了吧。”妻子开心地提议道。兜其实不喜欢吃甜食，这一点早在结婚前他就多次提到过，但妻子仿佛从来没有记住过，不停追问道：“就算不爱吃，你也不可能讨厌甜食吧？吃点甜食又不会要了你的命。”而兜不得不承认，他确实是“虽然不爱吃，但吃了也不会要命”，所以只好勉强自己迎合妻子爱吃甜食的嗜好。而这种行为一旦成为既成事实，就会理所当然地变成“之前你那么爱吃，这次肯定也会吃的”。

两个人要吃掉六块蛋糕着实不是一件易事，再加上妻子特意声明“只吃一口尝尝味道就好了，你多吃一点”，更是让兜备感恐惧。毕竟光从字面意思看，好像还是妻子为了丈夫做出让步，抑制住了心中的期待。

就在兜坐在餐桌旁一小口一小口吃着蛋糕的时候，妻子提到了“有一家人从来不按规定扔垃圾”的事。

“哦，那家人啊！”兜大声回应道。

“嗯，那边是商品房，住着六户。”

“对，对。”

“其中有两家人，品行实在是恶劣。”

“啊，这事后来怎么样了？”兜自然对此类话题毫无印象。可能在很久以前的某天清晨，妻子曾提到过，但那时兜恐怕才刚结束深夜的工作，非常困乏，所以对妻子的话几乎没有听进去。这种情况时有发生，但即便犯困，兜也绝不能昏昏沉沉、不做回应，因为妻子曾生气地对他说“要是不想听就别听”，渐渐地，就算兜再困、再累，也会动作夸张地大声回应妻子的每一句话：“哎？居然是这样啊！真是难以置信！”兜也怕自己做过头了，但从妻子的反应来看，她好像并没有对兜的“过度反应”太在意，兜也从未因此遭到过妻子的埋怨。

“最近，他们没有再在指定回收日之外的时间乱扔垃圾了。本来大家都以为这些人开始守规矩了，谁知道居然是搬家了。”

“什么？居然搬家了？”兜的语气颇显激动，心里却并不觉得这是什么值得大惊小怪的事。有人搬家再正常不过，只是他这种夸张的反应倒真的成了习惯。

“那房子是新盖的呢，而且两家人都搬走了。”

“两家人？都搬走了？”兜觉得有些奇怪。

“邻居去按了门铃，家里好像没人。”

“也可能是两家人结伴去长期旅行了呢。”

“感觉不像。”

“别是出什么事了吧？”兜脑海中浮现出邻居横尸家中的惨状。

“讨厌，你能不能别说这么吓人的话啊。”妻子拉下脸来，“那么可怕的事怎么可能发生在我们身边！”恐怕她绝不会想到，日日都在身边的丈夫正是以那种可怕的事为生的。

“也可能是和邻居闹别扭就搬走了吧，比如噪音问题之类的。”

“嗯，要说比这个更重要的事……”妻子睁大眼睛，拍了一下手。

“问题是这些剩下的蛋糕。”兜望着手中无处安放的盘子，叹了口气。他早就吃饱了，再吃下去，摄入的糖分必然过多，血管里也会仿佛流淌着奶油一般，身体要吃不消了。

然而，妻子好像完全没有听到兜的话，就像身上安装了能够自动过滤丈夫不满控诉的过滤装置一样，丝毫没有受到干扰。

兜试探着说道：“说到问题，咱们晚上那个的次数……”他慌乱地补充，“还能再多些吗？”

不知是幸运还是不幸，妻子并没有听到兜的话，只是说道：“对了，最近的高中老师好像也挺不得了的。”

“不得了？”

“嗯，不过只是传言，说是克巳学校的老师。”

“不去学校的那个吧？”

“哎呀。”妻子稍显惊讶地望着兜，一脸出乎意料的样子。

“是山田老师吧？”

“你怎么知道？”

“这个嘛，”兜饱含深情地说道，“都是孩子学校的事，我这个做父亲的也会架起天线收集情报的。”

妻子露出刮目相看的神情，说道：“不过山田老师好像也没回家，明明有老婆孩子。”

“什么意思？”

“肯定是工作上遇到了烦心事，家也不能回吧。”

“也可能是和那个美女老师开始同居了。”兜想起白天在操场见到的那个女人。

这时，妻子尖厉的声音仿佛刺穿了耳膜：“美女老师？什么美女老师？”

兜感觉像是被人紧紧揪住了衣襟。“啊，这可是克巳说的啊，山田老师和那个美女老师的关系好像很好。不过，究竟是不是美女全靠主观判断。”

“可山田老师已经结婚了啊。”

兜深深地吐了一口气，摇着头，好像在说“难以置信”。“谁能想到已婚男人还会和其他女人关系那么好啊，我以为这种事只会发生在都市传说里呢。”

“又没人这么传。难道山田老师不单是因为工作不顺心？”

“谁知道呢。”这个话题再深入下去，最后的矛头一定会指向自己。兜对此早有察觉，所以故意回答得很含糊。

“哦，对了，”妻子突然拔高了声音，“下下周五你有空吗？”

“周五？”

“那天有克巳高考志愿填报的辅导，你要是有空也一起参加吧。”

“这是自然，我本来就打算去。”兜点了点头。毫不犹豫、果断迅速地回答才是最正确的做法。

“哎？”妻子有些惊讶，“反正最后你肯定又会说临时有事，去不了了。”

“我没有自我感觉良好，在公司我没有那么忙。要是有什么急事，还希望他们扔给我呢。”

“那之前好多次家里有事的时候，你都说工作忙走不开。”

“那时候是我不好。现在回想起来，真的挺内疚的。”兜的话听起来像是在为自己的罪行深深忏悔，但其实他早已不记得过去的那些事了。恐怕那时候并不是因为公司的工作，而是有危险的任务找上门来，使他没能赶上家里的事吧。“没问题的，”兜点了点头，“不会有什么紧急工作。”

兜

“有一台紧急手术，”诊室内，医生坐在兜对面，清楚地说道，“只有下下周五才有机会。”

医生的声音宛若电脑桌面上弹出的对话框一般，冰冷得让人感觉不到一丝温度。不仅如此，这个对话框还没有设定“是”和“否”的选项，反而像程序更新对话框中只能按下“确定”按钮一样，丝毫不留选择的余地。要想不作答，强制关机是唯一的办法。

“不管什么紧急不紧急，反正那天我没空。”兜试图挡住对面这台“电脑”散发出的压迫感，双手稍稍向前伸了出去。“我那天有事。你要想想，我是一个公司职员，工作日的白天我肯定要在那边上班。”兜没打算告诉医生那天有儿子高考志愿填报的辅导。

细算起来，兜和医生相识已久。从兜结婚前，也就是刚入行没多久的时候开始，医生就在给他安排工作了。不过，兜一直隐瞒真实姓名和住址，只大概说了一下家庭情况，他认为不必告诉对方多余的情报。对医生来说，他的名字只是这个业界的代号“兜”。当然，要是医生想调查兜的个人信息，也不过小事一桩。

“公司那边不能请假吗？”

“那天不行。”兜说道，“换个日子也可以吧？”兜望向医生手中的病历。现在他还不知道目标到底是谁。

“别的日子不行。这次手术的条件相当好，错过了会很可惜。”

“条件相当好？怎么个好法？”

“手术费很高。”说着，医生将病历上的数值指给兜看——在旁人看来，这个数值不过是血液检查的结果。

这次手术的费用确实高得令人咋舌。“但你之前不是说过吗？最近可能会发生爆炸案，警力也会变严。难道已经没事了？”

医生立刻答道：“就是那件事。”

“就是那件事？”

“之前你不也说过吗？这边的生意该不好了。”

是在说“干脆让我把那些想引爆炸弹的家伙解决掉算了”那件事吗？“就是那个吗？”

医生点了点头。

“要真是这样，我心里多少会觉得舒服一些。”这是一次恶性手术，也就表示目标是行家，如果还能因此阻止一场爆炸发生，这次的罪恶感则会减轻许多。

正如医生所言，这么好的条件的确难得，错失良机实在可惜。

“我接受手术。”兜答道。

“明智的决定。”医生终于将手中的详细资料递给了兜。相关信息不可能打印出来带回家，兜只能将电脑屏幕上显示的内容一一记住。

资料中有一张目标人物的脸部特写，看上去是手无缚鸡之力的柔弱之辈，兜不禁说道：“这次的任务好像不难嘛。”

医生面无表情地赞成：“看面相确实有些柔弱。”

这个男人擅长研发小型炸弹，似乎应该被称为“炸弹专家”，这几个月来一直在海外生活，这次是受同伙邀请，才决定回到日本。

目标到达机场时更容易接近，也就是下下周的周五。反过来说，一旦错过这个机会，找到其藏身之处就会变得相当困难。

“所以，只能在那一天进行这台紧急又重要的手术。”

兜问目标有哪些同伙，医生说目标的同伙众多，涉及各行各业。毕竟要策划一场劫持案件，至少要有人去现场踩点，有人确保逃跑路线万无一失，而且根据逃跑的方式不同，甚至还需要专业司机。

“以前有部漫画，讲的是擅长不同领域的学生聚集在一起，组成了一支棒球队的故事。估计这次也差不多吧。”

“嗯，他们确实组建了一支队伍。”

兜耸了耸肩。“要是那家伙坐的飞机因为天气之类的原因停飞就好了。哪怕错开一天，我都谢天谢地了。”

这样也许就能赶上儿子的高考志愿填报辅导了。

医生只是面无表情地盯着兜。

那天晚上，兜坐在客厅的沙发上看电视，但节目内容完全没有看进去。时机——兜自言自语一般在心里重复着这个词。无论做什么事，最重要的就是时机。为了不让克巳和妻子注意到他的紧张，兜做了好几次深呼吸。

过了一会儿，克巳将一直在摆弄的手机放回口袋，发出一声听上去既不是“哦”也不是“哎”更不可能是“晚安”的短促声音，便上二楼了。妻子回复着“晚安”，兜赶紧竖起耳朵——他想通过语气来判断妻子现在的心情。

兜如果有事要告诉妻子，特别是在说那些会惹妻子不高兴的事时，她的反应也会根据当时的心情而千差万别。

比如，要是当天妻子听到的都是好消息，哪怕是在理发店新剪的发型很好看，或是在街上被人夸赞年轻这类小事，她都会心情舒畅一整天，对兜提到的事也会更加宽容地对待。相反，如果妻子明显不高兴或怀有不满的情绪，家里就像陷入死寂的冰窖之中，无声地刮起一场暴风雪。

察言观色一番之后，兜终于下定了决心。他先去厕所小便，然后用“有件事让我很为难”拉开了坦白从宽的序幕。就算遭到危险人物的袭击，被勒住了脖子，兜也不曾如此紧张。他能冷静果敢地快速出击，令同行刮目相看，却对为什么回到家里要夹着尾巴做人而感到苦恼，真是奇怪。

“怎么了？”妻子问道。

虽然此时还听不出她的心情是好是坏，但兜不能在这里却步，该说的还是要说。“儿子高考志愿填报辅导那天，我突然有个工作，实在没法推掉。”兜尽可能让自己的声音显得既不沉重也不严肃，不卑不亢地告诉了妻子这个事实。不知凶吉。兜紧张得想闭上眼睛，忐忑不安地等待着妻子的回应。

“啊？你在开玩笑吗？”妻子一脸吃惊，话中明显带刺，“你又在说什么傻话？”

不，我是经过很长时间的深思熟虑才这么说的，兜在心里反驳。“啊，不过，”他又像是在表明决心似的补充道，“辅导是下午两点开始，对吧？要是工作结束得早，我就赶过去。”炸弹专家中午十二点到达机场，如果兜能顺利坐上电车，说不定来得及。

“哦。”妻子漠然地应道。

做不到的事就不要答应——兜知道，妻子未说出口的这句话是对他的无声鄙视。

兜

“都说了我是为了家人工作的。”

“你有家人？”

兜意识到自己不小心说了实话，心下吃惊，低声道：“和你无关。”同时，反拧对方手臂的力道又加重了几分。

这是距离机场车程稍远的一片草地，周围有宽阔的土褐色田野和树林。二人在这片长着低矮杂草的土地上扭打成一团。

兜穿着机场保洁员的工作服。“可恶！你这家伙体格还真好。”他感叹道。

和医生提供的照片一样，这个人确实一副柔弱的长相，但没想到身材十分健硕，满身肌肉。这和兜之前听到的情况截然不同。

“而且你怎么没按时到机场？”

“这你得问开飞机的去，或者去问飞行时的气流。”

要是能早点完成，兜还来得及去儿子的学校。但天不遂人愿，飞机晚点了二十分钟才在机场降落。兜早已在候机大厅等候多时，看到炸弹专家慢悠悠地走出来，心中更加急躁。

一身保洁员打扮的兜一路尾随炸弹专家下了扶梯，又跟着他向出租车停靠点走。“不好意思，请等一下。”炸弹专家闻声停下了脚步，转头看着兜。“你的东西掉了。”兜从地上捡起一块小塑料板，看上去像是一个量角器。炸弹专家自然对这个东西毫无印象，但还是条件反射般接了过去。兜同时松开手，按下了事先藏在口袋里的遥控器的按钮。

炸弹专家刹那间像触电般不停颤抖，向后倒去。兜上前扶住了他。那是一个小型电击装置。就算监控拍下了刚才的场景，看上去也不过是兜慌张地扶住了一个突然倒下去的人。

兜搂着炸弹专家坐上一辆等在那里的假出租车，离开了机场。车开到一片杂树林时，兜下车将炸弹专家拖了出来，拍了拍他的脸，让他醒过来。见他逐渐清醒，兜说道：“过来！”

炸弹专家刚开始还有些晕，似乎感到很茫然，但很快便明白了自己的处境，目光瞬间犀利起来，朝兜扑了过去。

二人扭打起来。事态并没有发展成激烈的斗殴，但二人还是过招了多个回合。兜为了尽快控制住对方，不断用手指猛刺对方的锁骨、腋下、胸口和喉部，以施加伤害。

对方的动作比想象中要慢。攻击他的这个部位，他应该会这样躲；攻击他的另一个部位，他的关节就动弹不得——展开攻击的一招一式都与兜预想的分毫不差。要是和妻子的互动也能这么简单明了就好了，这个想法从兜的脑海中掠过。

“都说了我是为了家人工作的。”

炸弹专家随即问道“为什么”，同时挥出一拳。

兜向后一仰，躲了过去，答道：“杀你也是我的工作。”

“我说的不是这个。”炸弹专家扑了过来，兜像斗牛士一样灵活避开。对方扑了个空，踉跄几步后又转过身来。“我是问你为什么不在刚才电晕我的时候动手。”

“哦。”兜喘着粗气，视线紧紧地锁定对方的一举一动，“我不喜欢乘人之危，做事要讲究公平。”

“哪儿来的什么公平？”炸弹专家皱了皱粗粗的眉毛。

“做事要讲究公平”也是兜经常对儿子说的话。他不要求儿子实现“日行善举”“勤勉刻苦”不畏失败”这些了不起的目标，唯一能告诉儿子的只有“要尽可能公平”了。无论是责难对方还是支持对方，都要尽量做到公平。

“老爸，你说得也太笼统了。”最近，克巳开始对父亲这番并不算教诲的话流露出不满，“我不知道具体应该怎么做。”

“这个啊，具体来说可就多了。比如在说别人坏话的时候。”

“我又不是小学生了，还会和别人斗嘴吗？”

“我就是打个比方。比如取笑别人的名字很奇怪，或者说别人长得丑什么的，这些事都不要做。”

“为什么？”

“因为这些事是他们努力也无法改变的。攻击别人无力改变的地方，就不能算是公平，对吧？”

“那应该怎么骂人？”

“嗯……比如说，”兜想了想，答道，“你可以指责他们吃零食啊，这是他们自己能够控制的事。你可以说，喂，你连晚上不吃零食都做不到啊！”

“这叫什么骂人啊？”克巳一脸惊讶，又问道，“那要是有人骂我说‘你老爸是个废物职员’，又该怎么办呢？”

“真有人这么说？”

“我就是打个比方。”

“哦，那你不理那人就行了。”

“不理那人？”

“你听好了，说出这种话的人能得到什么好处吗？你老爸是个废物职员，难道也是这家伙的功劳？并不是。这种人只是在描述事实，也可能说的根本连事实都不是。事实谁都会说，但是没人去说，因为人有常识和判断是非的能力。硬要说的话，这种人就是丧失了理智，没有了判断是非的能力，所以才只会说些没用的事实。他这么说你，你也并不吃亏，直接反驳回去就行，比如你说他的祖先是只猴子，毕竟这也是事实嘛。”

“这就是公平吗？”

“对。另外你要记住，‘你可以对别人做某件事，别人却不能对你做’，同样不算公平。”

“自己做就可以，别人做就不行。那是不是就像这件事？老妈总是嫌你晚上回来时动静太大，还说被你吵得睡不着觉；但是到了休息日，老爸你还没起床，老妈就把吸尘器开得震天响了。这就是不公平吧？”

兜瞬间觉得自己仿佛找到了知音，感动得差点湿了眼眶，但他不能紧紧抱住儿子，因为万一不小心说出“你太了解我的心情了”，是会传到妻子耳朵里的。兜从没觉得儿子是他和妻子之间的双面间谍，但也绝对不能掉以轻心。

兜用胳膊从背后勒住了炸弹专家的脖子。很快，炸弹专家没有了呼吸。

兜将尸体埋在了附近的那片杂树林中。医生说过“留下手术痕迹也没关系”，因此不必处理得那么细致。炸弹专家的真实身份应该隐藏得很深，即便尸体被人发现，恐怕也不会很快查明。

掩埋尸体前，兜从炸弹专家的外套口袋里掏出了手机——这是前车之鉴，如果手机响了，埋尸的地点就会暴露。看到手机上挂着一个小炸弹吊饰，兜不禁苦笑道：“你就这么喜欢炸弹吗？”

兜看了一眼手表，随即脱去工作服，换好西装，再次坐上了来时的那辆假出租车，返回了机场——还是搭乘电车更为稳妥。

兜

兜赶到校门口时，手表的指针已经指向了两点十分。他暗自庆幸时间还来得及，却也明白按照妻子的标准，这属于“没赶上”。兜走进校园，犹豫着要不要直接冲进教室。这时，他突然意识到自己并不知道儿子是哪个班的学生，瞬间吓出了一身冷汗，脑海中闪过被妻子责骂的场景。

兜在教学楼入口处脱了鞋，四下寻找拖鞋，终于在鞋柜边上找到了一双像垃圾一样扔在那里的拖鞋。兜迅速穿上，冲上了楼梯。年级越高，教室所在的楼层就越高吧，所以高三应该在三楼，兜胡乱地猜测着。然而，当他冲到三楼的走廊四处张望时，连一个人都没有看到，更别提学生们的身影。兜看了看时间。整个学校仿佛一家打了烊的店铺，丝毫不见紧张的学习氛围。难道是因为高考志愿填报辅导，学生们都提前回家了？

也许真的来晚了。兜不禁想到了妻子那噌噌上涨的怒火。

兜快步穿过走廊，看到一间挂着“视听教室”牌子的房间，房门虚掩着。这里就是美女老师幽会的地方啊，兜想起儿子曾经说过的话，于是朝里窥视。没想到美女老师就在里面，兜吓了一跳。

“您有什么事吗？”美女老师走到门边问道。

“啊，我是克巳的爸爸。”明明没做什么亏心事，兜的声音听起来却战战兢兢的。只说名字，老师可能记不清是谁，兜又慌慌张张地报上了姓氏，然后说道："我是来参加高考志愿填报辅导的。"

"啊，不是在这边。"美女老师指了指走廊的尽头，又示意要向右转，"是最靠里那栋楼。"

兜盯着面前细长白皙的手指，那手指宛如优雅转动的蛇头一般，似乎有着令人倾倒的迷人魅力。

这时，发生了两件事。

首先，兜的手机响了。看到屏幕上显示是妻子的来电，兜赶紧接了起来。

接下来，口袋里的另一部手机掉到了地上，是近一个小时前和兜搏斗的炸弹专家的。手机落地后又弹了起来，随即滚落在一旁，上面的吊饰也跟着晃个不停。美女老师慢慢捡起了手机，递给兜时问道："这是……"

兜摆手示意她稍等，转身去听电话里妻子的声音。

"老公，你现在在哪儿？还是来不及吗？"

"没有，我已经到了，这就过去。"

"请问这是您从哪儿拿到的？"美女老师问道。

"你先等会儿，现在不是说这个的时候。"兜本来是对美女老师说的，没想到妻子也听见了他的话。

"'不是说这个的时候'是什么意思？"妻子厉声问道。

"不，不是的。"

"这是您在哪儿捡到的吗？"美女老师极为自然地打开手机，

按下了几个按键。兜想告诉她不要随便乱动别人的手机，但兜也不是这部手机的主人。

“这个……”兜抬起头，只见美女老师的眼神变得凌厉起来，笑容也已消失不见。

“是不是有女人在说话？喂，你现在和谁在一起？”

“不不，没有啊。”兜感到脑袋一阵发热，仿佛置身火海，不管往哪里逃都是徒劳。如果再不尽快灭火，受灾情况将会愈加严重。要是能冷静下来逐个处理，说不定没什么问题，但不知是因妻子严厉的质问还是美女确实就在身旁令他心虚，兜方寸大乱。等反应过来的时候，兜已经下意识地伸手捂住了美女老师的嘴。“你能不能安静一会儿？”

“‘安静一会儿’是什么意思？”电话那头的妻子显然生气了。

“不是的……”说着，兜看向美女老师，只见她紧紧地盯着捂住她嘴巴的那只手。兜手上沾了血——可能是从炸弹专家的口鼻处流出的血沾在了上面，现在已经干了。

兜暗叫不好，耳边的手机也滑落在地。美女老师欺身过来。哎？兜的目光正追随着手机，他“啊”了一声，左臂已被反拧到背后。

兜来不及思考发生了什么，转身猛地抽出了手臂。美女老师已经卸下伪装，朝兜踢了过去，腿在空中画出一道弧线。兜闪身避开，跑进了视听教室——在走廊上被人看到就麻烦了。

美女老师追了上来。兜忘记脚上穿的是一双破破烂烂的拖鞋，还想按照往常的姿势出招，却没想到脚底打滑，向后倒去。美女老师迅速靠近，压住兜，问道：“那手机哪儿来的？”

“那是……”仰躺在地的兜本想回答，突然注意到旁边就是他刚刚掉落的手机。如果电话还没挂断，妻子就会听见。兜开始拼命晃动身体，想甩开这个骑在他身上的女人，但对方似乎懂得将人锁死的技巧，竟纹丝不动。事已至此，兜终于意识到这个美女老师并不是普通人。

兜再次晃动起身体，肩膀也不停发力。美女老师却压得更紧，想要制住兜的反击。二人的呼吸都急促起来。

兜心里暗暗叫苦。要是他和这个女人粗重的呼吸声通过电话传到妻子的耳朵里，恐怕要被误会他俩是在干什么暧昧的事了吧。如果说这是在和女人打架的声音，可信度又实在太低。

见女人又在说着什么，兜抓住时机，奋力翻身挣脱。既然已经知道对方不是普通的老师，而是危险分子，那就没必要手下留情了。如果全力出击，兜的实力在业界几乎无人能及。他敏捷地绕到女人身后，用手臂扼住她的脖子，手肘仿佛要夹碎她的喉咙，用力一勒。

兜抱着不再动弹的美女老师来到视听教室里堆放器材的地方，这里很少有人过来。随后，兜捡起手机，看到和妻子的通话已经挂断，轻轻地松了口气。他又调整了几下呼吸，拨出了那个烂熟于心的号码。听到前台女接待员报出诊所名后，兜说道：“突发急症，可以立刻找医生接电话吗？”说完，兜长舒了一口气。

突发急症，意思是有急事要谈。

兜

兜终于赶到克巳所在的班级时，正好看见妻子和克巳从里面走出来，下一组家长和孩子正要进去。

“啊，老爸。”克巳抬起了头。虽然有些不好意思，他还是露出了笑容。

兜不知道儿子为什么笑，但他先低头道歉道：“不好意思，我来晚了。”

“没事，你还有工作。”克巳的语气像一个成熟的大人。他没有对父亲用敬语，言语间却带有些许亲近感。

“啊，是，有工作。”

“其实你不用勉强。”克巳指着兜说，“你看，西装都乱了。”

兜吃惊地低头看着自己的样子——领带皱巴巴的，领口也歪了，身上还沾满了灰尘。他急忙整理起来。

“不过你还是拼命赶过来了。”闻声望去，兜终于看到了妻子的表情——本以为会被她挖苦一番，或是被她冷眼相向，这样的结果真是出乎意料。兜诧异地看着妻子，只见她带着一副从未有过的温和表情说道：“辅导也没有那么麻烦，已经结束了。”

在这宛如女神降临般的氛围中，兜不由得警觉起来，疑惑地说道：“哎？啊，是吗？”

兜的疑虑很快就因克巳的话消除了。“刚才班主任说老妈看着还不到三十五岁，老妈听了美滋滋的。”

“是吗？”

“还说老妈看上去年轻了将近十岁呢。”

“原来如此。”兜总算明白了妻子的态度为什么会如此温和，却仍忍不住指出，“要是真不到三十五岁，怎么算也不可能有个读高三的儿子吧。”

一瞬间，妻子的目光变得锐利起来。祸从口出啊！兜在心里呐喊，不禁责怪自己毫无危机管理能力。虽然不知道能不能为自己开脱，他还是立刻补充道：“不过，这也说明你妈妈年轻得很，连老师都算不清楚了。”

“我们班主任可是数学老师……”

“所以就连数学老师都震惊得算错了呢。”

“也许吧。”妻子敷衍地说道。

总之，太好了，一切都太好了！兜悬着的一颗心终于落了地。接着，兜又开始想那个美女老师的事。

刚才在视听教室，兜问电话另一端的医生：“解决了那个炸弹专家之后，我又在别的地方被一个女人袭击了。她看见我拿着炸弹专家的手机，就朝我扑了过来。这到底是怎么回事？”

医生冷淡地答道：“可能是同类型的肿瘤吧。”

“所以她也是策划爆炸案的集团成员之一？”兜叹了口气。

不知是认出了手机上的吊饰还是手机的款式，美女老师应该已经知道那是炸弹专家的手机了。她好像还拿着按了几下，也许是看了里面的通话记录。通过兜的反应和他手上的血迹，美女老师断定了兜是敌人。事情应该就是这样吧。

克巳曾说那个美女老师是一个月前来到他们学校的，而且明明是教语文的，却连汉字都认不全。是不是原定的老师另有其人，被这个女人中途调了包？真正的老师现在又在哪儿？恐怕凶多吉少了吧。这个女人为什么要潜入这所高中？

是操场！这所高中的特点就是那个宽阔的操场。

“直升机吗？”电话还没挂断，兜却自言自语道，“肯定没错。”

“什么没错？”医生略显惊讶地问道。

“你之前说过吧？策划爆炸案的犯罪集团可能会用到直升机。”

“我没说直升机，但是他们原本就计划了一起大规模的挟持人质案件，所以选择坐直升机逃跑也不稀奇。”

上次见面时，医生提到如果策划一起劫持案件，至少要有人去现场踩点。兜想起妻子说过，有两家人很快便从新盖的商品房中搬走了。

搬走的会不会是策划爆炸案的集团成员？以借住之名调查周边环境，或作为制定计划的根据地。如果真是这样，那不遵守垃圾回收规定、缺乏常识也就不奇怪了。计划到了执行阶段，他们也该搬走了。不，这样的解释还是有些牵强，毕竟为了不引起邻居的怀疑，他们应该不会光因为扔垃圾的事就暴露了身份。

原来如此，兜不知不觉间用力地点了点头。

再说美女老师的事。

他们的计划是不是劫持人质后，将这所高中的操场用作停机坪？美女老师为了做好相关的准备才潜伏进来。如此想来，山田老师的故事恐怕也另有隐情了。也许他和美女老师之间根本没有什么不正当的关系，只是看到美女老师在操场跑道上做了些手脚，或是发现视听教室里演出用的照明设备被人动过，于是对美女老师起了疑心，上前质问。此后，山田老师便下落不明，恐怕已经被灭口了。

“我不知道女人的尸体该怎么处理。”兜询问医生的建议。

“医疗废弃物交给我们处理。”医生答道，并让兜晚上把尸体运到指定地点。

虽然有些麻烦，但晚上还是要再来一趟学校，将尸体搬出来，运送到医生指定的地点。深夜出门必须要向妻子申请，一想到这里，兜就有些郁闷，却也不好再多说什么，便答道：“你能处理就好，帮了我的大忙。”

难道医生早就知道这个美女老师的事？挂断电话时，兜脑海中突然闪现出这样的想法。也许他知道这所学校潜入了犯罪集团的成员，甚至知道克巳就在这里上学！兜差点要去问医生：你是不是早就想到我会这么做？医生的回应总是非常冷漠，令兜不得不胡思乱想。

“哎，老爸，你在干什么呢？”

因为心里想着事情，兜的脚步逐渐慢了下来，妻子和克巳已经走到了走廊尽头。兜一边说他在考虑工作上的事——这也是实话，一边追了上去。

“你在找那个美女老师吗？”克巳调侃道。

兜自然不能说是，只好答道：“她哪有你妈妈漂亮。”

“等等，你这是什么意思？你们见过了？”妻子质问道。

兜赶紧掏出手机，假装要接电话，飞快地跑下了楼梯。“我去接个电话！”

“对了，老爸之前还说老妈你像陶器呢。”兜隐约听到克巳对妻子这样说道。

兜

兜沿着车站前的马路一路小跑。他刚给一个男人做完“手术”。医生没有告诉他男人的相关信息，但从他在酒吧里听到男人对酒保说有直升机驾照来看，兜推测此人可能也是策划爆炸案的集团成员。

目前，爆炸案还未发生。不知是计划还没有开始，还是因为炸弹专家和飞机驾驶员等人接连消失，导致计划中途失败。

兜曾向医生委婉地表达过想法，但医生只是静静地安慰：“本来只是小小的感冒，但不知从哪里获得了一点消息，就以为自己已经病入膏肓，这种情况挺常见的，而且你有时候太先入为主了。”

“我儿子也这么说过我。”这并不是先入为主，兜有些生气。万一他们真的要利用那所学校，很可能会在学校附近安放炸弹，劫持人质。如果放过那个美女老师，谁也不敢保证克巳不会受到伤害。

总之，兜的行动虽不能说换来了家附近的和平，至少能让克巳不必置身于危险之中。想到总是看妻子脸色战战兢兢生活的自己终于展现出了不凡的价值，兜感到很满意。

螳螂的斧头不容小觑，兜心想。

兜抬手看了看时间，已经快到凌晨十二点了。他感到饥肠辘辘，便转身走进一家便利店，穿过窗边的杂志区，绕过最里面摆放果汁饮料的地方，径直来到放着香肠的货架，从中拿了一根。这时，一只手突然从旁边伸了过来。那是一个身着西装、素未谋面的男人，年纪似乎比兜大上一轮。只见男人动作娴熟地拿起一根香肠，对其他商品丝毫不为所动，能看出是毫不犹豫地冲着香肠来的。

兜和男人目光交汇，又将各自的视线转移到了对方手中的香肠上。二人心中应该都涌起了英雄相惜之感，至少兜是这样认为的。只有发现夜宵的终极奥义是香肠的人才能心领神会。兜边想边在心中默默为对方加油：希望你奋斗到底。随后，他拿出钱包，走到了收银台前。

黄蜂
BEE

兜

兜想象着男人倒地的样子。地点可能选在厕所隔间比较好，他会掐住对方的脖子，不一会儿对方就会断气……

兜是来踩点的。

他不知道为什么这个男人会成为目标，只是从中介那里接下了这份工作，而作为中介的医生，也只是接受了男人妻子的委托而已。

为了完成一份工作，有时需要踩点，有时则不必，要依每次工作的具体情况来定。这次是需要踩点的。

兜走进男人公司所在的大楼，暗暗观察起来。这次的目标体格健壮，面目狰狞，对待同事的态度很是蛮横。只是稍稍看了几眼，兜便确信此人一定会虐待妻子——兜觉得同为男人，他与自己简直是家庭地位的两个极端。

这个男人有严重的家暴倾向，他的妻子才会找人取他性命。看来，他应该从没像自己一样看过妻子的脸色吧？嗯，肯定是这样，这种人死不足惜。兜不停地发挥着想象力。

踩点结束，兜离开了大楼，摘下手套、眼镜和鸭舌帽，撕掉了粘在嘴边的胡子。他看了看手表，已经下午三点多了。他拿出手机，发现有好几个未接来电，再仔细一看，居然都是妻子打来的，差不多每隔十分钟就有一个。

是不是老婆遇到什么危险了？兜慌忙回拨过去，但电话一直无人应答，兜焦急不已。

他脑海中突然闪过医生前几天说过的话："好像有人想对你动手术。"医生的语气依旧听不出任何感情。手术，就是"夺你性命"的意思。

"你知道黄蜂吗？"

"不就是一种虫子吗？"

医生说的是代号为"黄蜂"的杀手，其擅长使用毒针刺杀目标。很久以前，黄蜂因成功干掉了一个势力很大的业界人士而名声大噪。在这之前，兜通过医生，从这个实力派杀手那里接下了许多工作。对方死后，兜的工作量也减轻了不少。

"我听说黄蜂已经死了，好像是在那个 E2 上吧？"

东北新干线的"疾风号"也被称为"E2 列车"。此前，从东京出发的疾风号上，多名杀手发生冲突并导致数人死亡，这起暴力事件在业界被称为"E2 事件"。事件的详情不明，参与其中的杀手具体有谁也无从得知，但从业界传闻来看，杀手黄蜂已死于这起事件。

“雌蜂死了，雄蜂还活着。”

兜略有耳闻，杀手黄蜂其实是男女二人，他一直觉得这只是难辨真伪的坊间传言，没想到竟是真的？看来丧命的是其中那个女杀手。

“据说雄黄蜂没有毒，是真的吗？”

“反正你还是小心为妙。”医生给过兜忠告，但兜并没有放在心上，他实在想不出自己为什么会被人盯上。

不过，现在妻子的电话让兜想到了这件事，恐惧瞬间席卷全身。这肯定是想杀我的人开始行动了——兜一旦开始往坏处想，就会一直坠向负面想法的谷底，做出危险即将来临的判断。

这时，电话那头传来了妻子的声音：“老公？”

“啊，你没事吧？”

“先别管我有没有事，你怎么不接电话？还要手机干什么？”

“是我不好，是我不好。对不起。”兜立刻道歉，大脑开始飞速运转，拼命想找个合适的借口，“其实我……”

妻子好像并没有在意，只是高声喊道：“不好了！有蜜蜂！”

果然还是来了！兜不禁想到杀手黄蜂正朝自家靠近的样子，冷汗滑过了脊背。

“你快进屋锁好门，绝对不要出去！”

兜

"拜托你赶紧和区政府联系吧。"妻子从餐桌旁站了起来，语气强硬地对兜说道，"你要是被蜇了，就麻烦了。"

妻子说的既不是"担心"也不是"害怕"，而是"麻烦"，这多少让兜感到不太舒服，但也没往心里去。"那是拖足蜂吧？不是黄蜂。就算被蜇了……"

"我用电脑查过了，拖足蜂也是很危险的。反正你不要自己去弄。"厨房传来妻子的声音。

"我知道。"兜表示同意。有人关心他，这种感觉倒也不错。

听到家里进了蜜蜂，兜以为妻子遭到了杀手的袭击，顿时慌乱不已，再仔细一听，原来是蜜蜂在家中院子的树上做了巢。兜松了口气，便放心地说道："啊，你说的是那个蜜蜂啊。太好了！"妻子立刻厉声问道："喂，'那个蜜蜂'是什么意思？家里有蜜蜂怎么还太好了？你到底有没有在听我说话？"兜瞬间感到一阵熟悉的胃痛，苦苦解释道："我的意思是你没事太好了。你先别动，等我回去想办法。"说罢，他冲进了地铁。回家的路上，兜顺便去DIY用品店买了一些专门对付蜜蜂的杀虫剂，但妻子一看见那些瓶瓶罐罐就态度强硬地说道："你绝对不要自己去处理。"

"让我来试试？"说话的是正在啃玉米的克巳。金黄色的玉米粒看上去香甜可口，他一直嚷着好吃，一根接一根吃个不停。“这没准还是个好兆头呢。”

“什么好兆头？”

“比如被蜜蜂蜇了之后，考上了理想的学校。[①]”

高考在即，虽正值暑假，克巳也一直在补习班上课。可能因为几乎不出门，他的皮肤比往年白了许多，眼睛里布满血丝，大概是每天学到很晚的缘故。兜还在上高中的时候，就已走上了与考大学、找工作截然不同的道路，每天都在人生的阴暗面中过着殚精竭虑的生活。所以，兜看着专心念书的儿子，反而产生了一种说不清是羡慕还是同情的感觉。准确地说，还是羡慕更多。毕竟，不用冒着生命危险浴血奋战，而是能够安安静静地坐在书桌前解答题目，这至少说明了治安的稳定与社会的和谐。也许，只有在特定的国家和特定的时代，甚至是这些特定的年轻人，才能享受这份安宁吧。

“克巳，你别闹了，要是中了蜂毒怎么办？”妻子从厨房回到了客厅。

“没事的，不是有杀虫剂吗？”

“绝对不行。你要是出了什么事……”

“就麻烦了。”兜接话道。

妻子立刻说：“不是麻烦不麻烦那么轻松的事，我会担心的。”

原来如此，兜想，用在儿子身上的词和用在他身上的果然不

① 日语中，“蜇”是“刺す”，“考上”是“突き刺す”。

太一样。

“不过呢……”妻子将刚煮好的玉米放到了盘子上。颗粒饱满的玉米冒着热气，在兜看来却像是某种不祥的征兆。“我们大后天一早就去野营了，和佐藤家一起。”

“嗯，是啊。”兜一副了然于胸的样子，极其冷静地点了点头。其实他根本不记得还有野营这回事，但听妻子的语气，显然已经通知过他了。这种时候肯定不能问她“你在说什么”，不然她肯定会不满地抱怨“你总是不听我说话”。不，她要是开始发牢骚倒也还好，就怕她一言不发，满身怨气地陷入沉默。这样一来，家里的气氛便会像瞬间坠入冰窟一般。平时的工作已经非常危险，很难说得上安稳了，至少回到家里后，兜希望和家人在一起的时光是温馨和睦的。

因此，兜选择抑制住自己，不去追问“野营到底是怎么回事”，顺着妻子的意思说些“野营确实令人期待”之类的话。

是去山里，还是去河边？要去哪个野营地？

兜搜寻着记忆，却一无所获。恐怕妻子告诉他要去野营的时候，他已经因为工作的事困倦不堪、昏昏欲睡了。即便如此，那天肯定还是一如既往地摆出了一副正在认真听妻子说话的表情，不时做出些夸张的回应，例如“去山里野营吗？真厉害”或者“河边也很不错”。不管兜如何回应，都是条件反射般的行为，所以并没有在脑海中留下什么深刻的印象。

说起来，兜甚至不知道这次野营他是否也要参加。考虑了半天，他终于憋出一句“希望会是个晴天”。说到野营，肯定是在户外进行，所以这个回答堪称天衣无缝。

“让你一个人看家，不好意思。”妻子说道。

“不不，没事的。”原来我不用去啊。兜歪打正着，获得了新情报。接着，兜的视线转向了厨房的吧台，那里堆放着很多读了一半的书和杂志，其中一本是《山之四季：野草与花》。

他们要去山里野营，才会看这样的书吧。如此想来，有一天深夜，妻子确实对他说过野营的事，这段记忆依旧很模糊，但兜隐约记得当时妻子提到了他们要去山里。他不太确定，但还是不禁这样认为。

家人间的对话顺利展开，接下来就是看看电视，等着睡觉了。就在这时，兜突然说道：“要是你们在山上看见了什么奇怪的虫子，可要告诉我哦。”机会难得，兜希望能给这次家庭交流添上最后一笔。妻子和儿子都知道兜喜欢昆虫，不管他们觉得这项爱好如何，这句话说得都不算不合时宜。

“山上？什么山上？”妻子严肃的质问瞬间让兜觉得胃被人紧紧攥住了，他意识到自己说错了话。借用中国的典故来说，他和那个画蛇添足的男人同样失败。兜追悔莫及。“我们要去的是海边的营地，我已经和你说过好几次了吧？为什么你会觉得我们要去山上？”妻子毫不客气地问道，“我告诉你的时候，你不是还说什么夏天就是要去海边吗？你在敷衍我，还是那天说这话的不是你？”

这种时候，兜唯一考虑的就是如何回答才能平息妻子的怒火，以和平的方式结束对话。但无论是“我在敷衍你”还是“那天说这话的不是我”，显然都只会让妻子更为恼火。

“你总是不听我说话。”妻子继续说道。

“没有，不是这样的。”兜只能重复这种模棱两可的话，采用含糊又不失坚定的态度回答妻子，“是我一时间想错了。”

“可能是老爸把客户的事和家里的事记混了吧？是有客户去山上露营了。”前来援助的是儿子克巳。只见他将啃完的玉米放回盘中，略显厌烦地说道。

“嗯，可能是吧。”兜冷静地回应着儿子的话，心里却感动得差点痛哭起来。在兜看来，这就好比他被困在了一艘船头断裂、舱内进水的破船上，正当他感慨自己即将命丧于此时，儿子乘坐的直升机抛下了救命的悬梯。克巳的身后散发着一片光芒，照得玉米更显金黄夺目。谢谢你，儿子！兜拼命克制着想要上前抱住儿子的冲动，但还是要表达感激之情，便悄悄对儿子竖起了大拇指。克巳只是淡淡地瞥了一眼，随即面无表情地看向了别处。

妻子听了克巳的话，情绪稍稍平复了一些，小声说道：“嗯，你工作也挺忙的。”

“是野营遇到了什么问题吗？”兜想起了话题的开端。

“啊，我差点忘了。野营是大后天一早就去，我们要先往车里放些行李。”

“野营用具什么的？”

“嗯。要打开后备厢……”

“再关上……”运动员一旦犯错，再做什么动作都会显得缩手缩脚。兜的处境也是一样，他现在只能随口附和些毫无意义的话。

“嗯，可是蜜蜂筑巢的地方就在停车场后面的丹桂树上。”

“啊。”兜有点明白妻子的意思了，“如果开关后备厢，可能会惹到蜜蜂？”

“我倒是还好，万一蜇到了克巳……”

“是啊。”兜不假思索地附和着妻子的意见，却见妻子的眼神瞬间变得凌厉起来，于是慌忙补充道，“不，要是蜇到你了也不行啊。”这是一道陷阱题。“所以你给我打电话的时候，我让你躲在屋里不要出去嘛。”

“我还是想在去野营前想出解决的办法。”

“那我明天拿杀虫剂试试吧。”说完，兜预感到他的话可能又会招致妻子的不满：我不是说了你不要自己处理吗？你没听见？想到这里，兜不禁打了个冷战。万幸的是，妻子并没有发难。

“太危险了，我觉得还是找专业灭蜂队来比较好。区政府那边可能有专门负责这种事的部门。”

兜看向墙上的挂历。时值八月，正是盂兰盆节假期，区政府肯定不上班，专业灭蜂队能不能联系上也不好说。至少在大后天早上之前，这事有些难办。

“让我来试试？”克巳再次说道。

兜伸手制止了他。“我来看看情况。”兜站起身，“首先要获得目标的情报。”

“什么目标？说得像杀手盯上了下手对象一样。”克巳说道。

兜目不转睛地看着儿子，不过看来这只是一句玩笑话。

“外面天都黑了，你现在出去也看不清，还是白天再去吧。”既然妻子发了话，兜便表示同意：“你说得没错。你的意见真是一针见血！佩服佩服。”兜也觉得这番吹捧有些夸张，妻子却好像并未感到什么不妥，反倒一副还算满意的表情走进了厨房。

到了夜里，兜坐在自己房间的书桌前，打开了电脑。妻子在卧室一躺下就睡着了，儿子也已经回房。可能是在学习吧，加油。兜在心里默默替儿子打气。

兜打开浏览器，开始搜索消灭蜜蜂的相关信息。

输入“拖足蜂、驱赶、消灭、方法”这几个模糊的关键词，跳出来一大堆与此相关的搜索结果，仿佛眼前就是一片信息的汪洋大海。兜点开靠前的几个页面，发现大部分写的都是专业灭蜂队的相关介绍，其中一篇强调“如果发现黄蜂，请务必联系专人处理”的文章引起了他的注意。

文章里写道，拖足蜂虽然危险，黄蜂却更为致命，万万不可自行解决。上面还附着几张蜂巢的照片。一张照片中，蜂巢上有无数小孔，就像很多拿枪的人都会怒喝一声“今天我要把你打成蜂窝”，虽然兜从来没有遇到过说这种话的杀手，但这里的“蜂窝”指的恐怕就是照片上的样子吧。与这种类似淋浴喷头的多孔蜂巢不同，另一张照片上，蜂巢则是像个大西瓜一样的球形。这种蜂巢仅有一处开口，而且表面还有许多纹路，仿佛一件精美的陶艺品。这种球形蜂巢表明生活在里面的是黄蜂。文章中明确写道：“一旦发现此类蜂巢，请务必联系专人处理！”起初兜还以为这是灭蜂队在做宣传，但又发现很多其他网页也是这样记载的。

黄蜂竟这么难对付。兜在感到害怕的同时，为家里遇到的只是拖足蜂而松了口气。

兜

“没错，敌人就是黄蜂。”医生说道。他的声音平稳如常，仿佛一台冰冷的医疗器械。

“不，从我老婆见到的来看，院子里的应该是拖足蜂。”兜说着，想起早上出门前忘记到院子里检查了。他必须尽快想出解决办法才行。

“我说的不是虫子。”医生面无表情地扶了扶眼镜。

这是市区办公楼群中某座大厦里的内科诊所。只见坐在对面的医生拿着一份病历，上面详细记录着委托人的委托信息。兜已经瞥了好几眼，却因为书写得过于潦草，没能看懂上面的内容。

以前有业界的人说过，“同为中介，你那个医生确实厉害”。说这话的是一个姓岩西的男子，言行总是一副嫌麻烦的样子，本质上却是个敏感多疑的人。将工作分派给擅长用刀的年轻杀手时，他会满心欢喜地承认自己是“养鱼鹰的渔翁”。不仅如此，他还曾一脸得意地说：“你听着，干医生这行的，基本上就是坐在诊室里和患者说说话，所以用来谈工作再合适不过了。哪怕是杀人的行当，只要套用几句行话，就算被护士听到了也不会有什么要紧。我说得没错吧？要说当中介有什么麻烦，那就是情报保管。虽然可以保存在电脑里，但要是被人发现就完蛋了。从这点来看，病历本身就是患者的个人信息，如果和普通的病历混在一起，再用行话翻译一下，基本也就万无一失了，而且地图之类的照片也能伪装成X光片的样子夹在里面。”

从兜进入这个行业做起夺人性命的工作以来，中介就一直是那个医生，他也并没有深究过，但听岩西这样一说，用医生的身份隐藏在诊所的确有诸多优势。

“到底是谁想对我动手术？”被杀手黄蜂盯上，说明有人想杀了兜，才委托黄蜂来解决他。

“听说一到夏天黄蜂就活跃起来了。”医生始终一副闲聊的样子，“特别是从盂兰盆节开始，黄蜂的势力范围就会越来越大了。”

“是谁雇的他？”

“检查报告还要等几天才能出来。”医生说道。这句话应该是斟酌后说出的，感觉却像是医生脑子里安装的翻译软件不停检索出的措辞。

“难道是想对我做过的手术表示感谢？”兜不知道在杀手这份

工作中到底杀了多少人，如果能把医生手里的病历翻一遍，也许可以得出确切的数字，不过不管怎么算，他手上的人命应该是两只手加两只脚都数不过来的。看来，就算有人怀恨在心也不足为奇。“以前也发生过一次。”

一个女人委托兜去杀她的男友，结果对方意识到了危险，也雇了一个杀手来保护自身的安全。这个杀手秉承着先下手为强的原则，主动向兜发起了攻击。

“那次顺利切除了。”

“但是手术过程也不是你想得那么简单。”兜回忆着当时的打斗场面反驳道，突然脑海中闪过了一个念头，“啊，难道是因为那件事？”

兜曾阻止过一个犯罪集团的计划。当时那伙人想策划一起轰动全城的爆炸劫持案，但几个主要成员都被兜杀掉了。

“说不定惹到了某些人。”

“有这种可能。”

“所以那些人的同伙想报复我？”话音刚落，这一想法便深深地刻在了兜的脑海中，仿佛已经是既成事实。“只是，这样倒是我受牵连了。要恨也不应该恨我，而是应该恨原本的患者吧？再说了，这事和你也有关系。”兜想说，你作为中介，也应该是报复的对象。

医生的表情没有丝毫变化，只是答道：“也许吧。”

真是个让人捉摸不透的家伙，兜不禁想叹气。他和医生之间已经有了二十多年的往来，但这么多年过去了，岁月不仅没有在医生身上留下痕迹，也没有拉近他们彼此的距离。

“家里有拖足蜂也就算了，现在又被杀手黄蜂盯上，真是倒霉。”这莫非就是传说中的鸡飞蛋打[1]？

“你家院子里的蜜蜂怎么办？联系区政府了吗？”医生罕见地说起了私人话题。

“区政府的网站上写着如果给他们发邮件，他们就会回复专业灭蜂队的名单。但现在不是盂兰盆节吗，所以还没有收到回复。不过我看有的地方会直接派灭蜂队上门。”

“那你打算怎么办？”

“有人让我绝对不要自己处理，但这个人又要那天前想出解决的办法，所以我也不知道到底该怎么办。”为了不让医生知道太多他家里的事，兜含糊其词地说道。

“不能自己处理，但又希望尽快想出解决的办法，这确实麻烦。《威尼斯商人》里也有类似的故事。”

“是吗？”兜的人生中除了漫画基本没有什么读书的经历，不过，他有时也会拿起妻子或者克巳的书翻看几眼，最近还觉得颇为享受。《威尼斯商人》他应该也看过，只是不大记得内容了。

“在那个故事里，人们要求黑心商人夏洛克‘切肉可以，但不能流一滴血’，最终夏洛克失败了。这和你那个‘不能赶走蜜蜂，但要在后天之前确保安全’不是一个意思吗？”

兜隐约想起了小说中的这个故事。但令他印象最为深刻的，

---

①原文为“アブハチ取らず”，直译为虻和蜂都没有得到，意为鸡飞蛋打。

是在故事快要结束时妻子对丈夫的诘问："戒指是我送给你的礼物，你为什么要送给别人？"兜对故事中丈夫诚心辩解、被迫道歉的场景深有所感，胃也不由得跟着痛了起来。再加上那其实是妻子使出的计策，更是让兜的脑海中只剩下这个妻子如此恐怖的印象。

兜

傍晚时分，兜回到家，仔细确认了院子里的丹桂树。浓绿的叶片非常茂盛，花骨朵也已经冒了不少。还没到桂花飘香的时节，兜还是将鼻子凑了过去。就在这时，他突然听到了轻微的振翅声，心下一惊。

只见一只黑黄相间的蜜蜂从兜旁边飞过，消失在了茂盛的树叶之间，应该是回巢了。

兜经历过无数次拼杀，即便是赤手空拳对抗大口径枪械或刀具也有过太多太多。也许是身体早已适应了这种情况，现在无论面对何种紧张与恐惧，兜都能够淡然面对。

但如今他却因为一只蜜蜂的一举一动而紧张不已。兜不禁苦笑了起来。他甚至想告诉蜜蜂：这么久以来，只有你让我吓得一动都不敢动。现在能让我感到紧张的，也就是你和我老婆了。

兜转而想象起他现在面对的不是昆虫，而是杀手，于是他像预想的那样冷静了下来。他调整呼吸，迅速迈出一步，把脸凑近那片茂密的枝叶。

在人与人的对决中，不让对方觉察到动静是十分重要的。这里的动静不仅指说话的声音和物体发出的声响，还有空气的振动。兜想象着如果他是一只蜜蜂，那么不仅是树枝的晃动，就连叶片的轻颤也会让他有所反应。

但是，想要完全不碰到枝叶也是不可能的。兜尽量控制着动作的幅度，小心翼翼地拨开了几处枝叶。只见树干与粗壮的树枝之间有一个土褐色的圆块，如同皮肤上膨胀起的巨大肿块。如果说这是丹桂树的果实，未免太过庞大。

看样子是蜂巢。

兜想起了前几天在网上看到的照片。像淋浴喷头的是拖足蜂的蜂巢，球形的则是黄蜂的。

虽然面前这个蜂巢被树枝遮挡着，看不清全貌，但明显是一个球形，外观和宇宙中的行星有些相似。

是黄蜂。

兜的脸皱成了一团，耳边同时传来一阵嗡嗡声。是一只黄蜂从蜂巢中探出了脑袋。兜脑海中浮现出头戴凶恶面具的强盗，那黄黑相间的配色更是猛烈地刺激着他的心脏。有危险！兜的意识深处拉响了警报。

大事不妙。有两件事很是棘手。第一，他要消灭的居然是黄蜂。第二，妻子断定这不是黄蜂。兜必须要找准时机，告诉妻子“这不是拖足蜂，而是黄蜂”这一事实。

世上真理千千万。兜没有正经接受过学校的教育，但也正因如此，他才有通过实践得到的常识与感悟，其中之一便是没有人喜欢被人指出错误，还有一点，没有妻子喜欢被丈夫指出错误。

心情沉重。

兜回到家后立刻打开了电脑。区政府还没有回复，但现在不是埋怨他们的时候。盂兰盆节放假本就是传统，事先也已经贴出了休假通知。兜给几个专业灭蜂队打了电话都没有人接，应该也是因为盂兰盆节的假期吧。

这不是什么坏事，但问题是，黄蜂可不过盂兰盆节。

在翻看相关信息的时候，兜发现黄蜂可以分为几种。其中体形最大、样子最吓人的是日本大黄蜂，一般喜欢在地面筑巢。生活在市中心或住宅小区树上的，是拟大虎头蜂或黄色雀蜂的可能性更高，攻击性不算太强。网页上还写道，无论何种蜜蜂都不会无缘无故地攻击人类，除非是它们先遭到了袭击。

一旦靠近蜂巢，作为侦察部队成员的几只蜜蜂就会飞出巢外，试图进行威慑。如果就此离开，一般不会受到攻击。但只要下意识用手挥赶蜂群，那就麻烦了。被攻击的蜂群会释放信息素，警告同伴有外敌入侵，接收到这一讯息的蜂群便会倾巢而出，加入战斗。

不惊动蜜蜂，就不会被蜇。这样的表述着实令人安心了不少。但正如妻子担心的那样，如果来回搬运行李，特别是野营用的那些户外装备又很大，很有可能会一不小心打到侦察的黄蜂。这种时候，要是有表明“并非有意，只是不小心”的信息素就好了，但或许没有吧。

妻子到家的时候已经是傍晚五点以后了。她上班的地方也放假了，所以刚才应该是和朋友逛街去了。最近她在上料理课，大概就是在那里认识的朋友吧。料理课上教了一些使用高级食材做精致菜肴的方法，但她好像从来没想过在家里露一手，学做这些菜似乎只是为了要在课堂上当场吃掉。兜曾经问过妻子能不能在家做一次，当然没有问得如此直白，而是委婉地说：“要是我也能吃到那些菜，一定特别高兴，不过应该没这个口福吧。”他的语气很是平静，甚至让人怀疑是不是听错了。不过他等来的，却是妻子的怒目而视——料理课的话题就此终结。兜的心里有一个可以称为“禁忌箱”的东西，里面装着和妻子的交流中所有不能触及的话题，“料理课”自然也在其中。

妻子回来的时候看上去心情不错。“我回来了。哎，你已经到家了？”她语调轻快地说道，“今天的晚饭还没做，我赶紧准备。”

兜立刻回答道：“你之前不是做过速食炒饭吗？那个挺好吃的，我还想吃。”

当妻子问想吃什么时，应该如何回答？这个问题没有标准答案，但兜还是从经验里学到了很多东西。首先，“随便”这样的回答要直接排除，毕竟没有人做饭时喜欢听到这两个字。其次，“那就叫外卖吧”或者“出去吃吧”这种积极的回答倒也不算差，但即便不差，却也不好。如果妻子心情烦闷，很可能会责怪“你太奢侈了，家里什么情况你不知道吗”。兜就经历过数次这样的事。妻子还可能会抱怨很久，吃饭的时间也会因此白白浪费。

既然如此，选择一个自己非常想吃还不需要妻子费功夫的东西比较好。这样一来，妻子也会高兴地接受建议：“你想吃的话就做这个吧，正好做起来也很方便。”

正如兜料想的那样，妻子开心地回答道：“那就做这个吧。”

“对了，我刚才看了院子里的蜂巢，好像不是拖足蜂，是黄蜂。”兜装作不经意地提出了这件事。

“啊？”妻子停了下来，“是吗？”

“从蜂巢的形状来看，是黄蜂。”

“那是我弄错了啊。”妻子说道。

“没有，拖足蜂的巢和黄蜂的巢确实很像。”兜装作自然地辩解道，但话一出口又感到有些羞愧，觉得这不是什么敏感的话题。

“看来必须要交给专业人士了。”妻子拔高了声音，“你没自己处理吧？”

“当然没有。”兜一边回答一边想，难道妻子的言外之意是“你去解决也行”？这么多年以来，对妻子的每句话都要字斟句酌已经成了他的习惯。

到了晚上，克巳也回来了。只见他像往常一样慢吞吞地走到了二楼，一下来就先洗了澡，洗完便躺在了电视前的沙发上。兜忍不住想给儿子一句忠告，告诉他一旦有杀手偷袭，这样毫无戒备是招架不住的。但冷静下来一想，儿子和杀手界没有半点关系。

“今天也去补习班了？”明知道答案，兜还是问道。尽管猜到会被儿子嫌弃，但也许是因为血缘关系和本能的驱使，他还是想和儿子多说说话。

“补习班的自习室。”克巳冷冰冰地答道。要是平常，简短的交流也就到此为止了，但克巳却罕见地接着说道：“对了，今天在车站等车的时候，有件事让我挺受不了的。”

“怎么了？”

“有一对母子，妈妈看上去很年轻，儿子差不多上幼儿园。”

兜本想说“这不是挺温馨的吗”，但没有说出口。母亲和孩子在一起，也不一定就是温馨的样子。世界上的诸多不幸，都是在亲人或邻居之间发生的。

“好像是昨天晚上，他们家养的猫死了。”

“那是挺可怜的。”兜生硬地回应道。在平日的工作中他早已见惯了生死，一时竟不知道该对一只猫的死亡做出何种反应。

“猫估计是那个妈妈一直养的，所以她受的打击比孩子更大，哭个不停。”克巳努了努嘴，“那个孩子倒还算镇定，不过因为妈妈特别难过，他一直在想办法安慰妈妈。”

“真是个坚强的孩子。”

“我也这么想。那个孩子说‘妈妈，米介只是变成了小星星’。”

“真是个好孩子。”

“结果他妈妈板着脸对他说：‘那你就去星星那里把米介带回来！’他妈妈太过分了，结果他也难过起来了。”

“可能是因为小猫死了，妈妈的情绪有些失控，不自觉地就把气撒到了孩子身上。”兜还想说自己也一直在受着妻子的气啊。

“也不是要冲孩子发火吧，毕竟她立刻露出了意识到糟糕的表情。”

“当家长的，总是在觉得糟糕。”

“那孩子真可怜。”

“不过他可能知道妈妈不是有意的。这样一来，他就能明白父母其实并非完人，也是会感情用事的。”

这也是兜的亲身经历。兜的父母对他一直很粗暴，做事随心所欲，说话口无遮拦。正因如此，兜非常善于观察大人的脸色。是啊，兜这才意识到，这就是他总对妻子的脸色过分敏感的原因。

“对了，克巳，院子里的蜜蜂好像是黄蜂。”妻子走到餐桌旁说，“你要小心啊。”

“黄蜂真的很恐怖。”克巳望向面朝院子的那扇窗户，“老爸，你给灭蜂队打电话了吗？”

“灭蜂队都放假了。”

“老爸，你最好也不要想着自己处理。我同学的爷爷就被黄蜂蜇了，伤情相当严重。”

相当严重是有多严重？兜对信息传递的可靠性持怀疑态度，毕竟杀手界里的很多传言经常会被夸大其词。即便没有恶意，内容也只能传个大概。比如，一个案子本来只死了五个人，却往往被说成十个人，甚至夸张到五十个人。黄蜂蜇人虽不致人死亡，只是去了一趟医院，也足以描述成“相当严重”了。

“我看网上说，经常在街上飞的是黄色雀蜂，毒性没有那么强。”

“那也很吓人啊。”

“攻击性也没有那么高。如果不去招惹它，是不会被攻击的。”

“但是啊，老爸……”克巳看着兜。

从人生经验来看，儿子明显是晚辈。这么没大没小地和自己说话，有时会让兜不知道如何是好，但兜从未感到任何不快。“怎么了？”

“要是用杀虫剂去喷蜂巢，在蜜蜂看来可就是招惹了哦。”

“确实。”话音刚落，兜的脑海中便浮现出无数只蜜蜂爬满全身、一齐刺来的恐怖画面，随之起了一身鸡皮疙瘩。“还是交给灭蜂队吧。”

兜

兜的心态发生变化，是在看了网上的视频之后。

他已经明确表示不会亲自动手，但还是在夜深人静时，坐在电脑前搜索着“黄蜂、驱赶”这些关键词。

终于，兜找到了一个视频网站。打开网页，首先映入眼帘的是黄蜂和螳螂决斗的视频。与电影、漫画不同，自然界中真实的昆虫之间拼个你死我活的战斗场景令人不寒而栗。即便是平日里以和人拼个你死我活为生的兜，也不禁心有余悸。但同时，他也非常感兴趣。螳螂和黄蜂打得难分难解、势均力敌的场景，是最为有趣的部分。有的视频中是螳螂取胜，有的则是黄蜂告捷。从对战的情况来看，瞬间的纰漏、巧妙展开的攻势都能决定最终的成败。

黄蜂和螳螂堪称永远的劲敌，具备相互抗衡的力量。

兜对此颇有好感。双方实力悬殊、一方轻易取胜是令他最为不快的事，他觉得在自身毫无危险的情况下威胁别人实在太狡猾，仿佛杀死一个还在睡梦中的普通老人。在兜看来，这是一种极其简单但又备感耻辱的工作。当看到有人这般营生还扬扬自得，兜的心里就非常不快。工作本不是轻松的事——在平时上班的文具厂里，兜已经对此深有所感了。作为销售部的一员，他总是四处奔波，甚至还要为了满足客户提出的各种要求而和其他部门的上司发生冲突。他常常感到精神疲惫，苦不堪言。这个世界上恐怕没有什么轻松的工作。

看着黄蜂与螳螂的殊死搏斗，兜不禁为双方势均力敌、决一死战的样子感到动容。公平，果然是最重要的。

接着，兜发现了一个题为“自行驱赶黄蜂”的视频。他按下播放键，只见一个身穿防护服的男子出现在屏幕上。通过网页上的自我介绍，可以得知他是一个五十岁的公司职员，这次准备自行驱赶院子里的黄蜂。

他穿着从政府部门借来的防护服，像披着一件硕大的银色雨衣，威风得仿佛就要直接登上火箭准备升空一般。

他站在自家的院子里，停车场的后方。时间看上去是清晨，明媚的阳光照得整个画面非常明亮。

视频中还有一棵繁茂的杜鹃树，身着防护服的男子就站在这棵树前。摄像机应该是用三脚架固定的，拍摄出的是男子与杜鹃树的侧面特写。

只见男子低下头，像是在宣告行动开始，表情看起来十分紧张。他的右手紧紧握着一瓶市面上常见的专门用来消灭黄蜂的杀虫剂。

他会如何战斗呢？

男子先将杀虫剂放在脚下，举起了修剪树枝用的剪刀。剪刀很长，能轻易剪断高处的枝叶。男子双手握剪，面对杜鹃树站好后，身体微微后仰，摆出能随时逃跑的姿势，双手向前伸出。只听咔嚓一声，树枝应声落地。转瞬间，从杜鹃树的深处飞出了几只看上去很像黄蜂的小虫子。

要被蜇了吧？兜想。他随即扭过了身体，仿佛也在现场躲避黄蜂一般。但视频中的男子丝毫不慌张，左手持剪，右手抓起地上的杀虫剂，朝飞到面前的黄蜂一阵猛喷。黄蜂纷纷坠落。

接着便是相同的流程了。剪断树枝，蜂群飞出。拿起杀虫剂喷射，蜂群坠落。

兜渐渐明白了男子的策略。先把隐藏在树枝深处的蜂巢暴露出来。与拖足蜂的蜂巢不同，黄蜂的蜂巢像被覆盖起来的要塞一般，与外界相连的小孔也仅有一处。想将杀虫剂喷进去，需要找准这个小孔才行。

因此，首先要剪掉那些碍眼的树枝。每当树枝被剪断引起振动的时候，蜂巢里都会飞出侦察的蜂群。不过为了避免不必要的战斗，这些侦察蜂不会直接朝人飞去，而是先停在半空，侦察敌情。

就在这个时候，喷射杀虫剂。

树枝一根根被剪掉，蜂巢的样子慢慢显露出来。当树枝少到一定程度时，穿防护服的男子便到了下定决心的紧要关头。他放下剪刀，握紧杀虫剂，移动着身体，似乎是在寻找蜂巢上的小孔。紧接着，男子对准小孔拼命喷射杀虫剂，刺刺声不绝于耳。

兜不禁想起面对职业杀手时，勒紧对方脖子的场景。

视频的最后，男子用剪刀将蜂巢整个剪了下来。巢里的黄蜂应该已经全都被杀虫剂消灭了。他看上去有些胆怯，但还是高举蜂巢，朝摄像机摆出了胜利的姿势。

兜望着已经结束的视频，心中默念道：要是这样的话……

要是这样的话，我不也能做到吗？

兜

兜早上四点多就起来了，却一点也不困。紧张的精神令他自然而然地醒了过来。根据网上的信息，要解决黄蜂的蜂巢，最好在它们开始活动之前的清晨动手。虽不知真假，事到如今也只能选择相信了。

起床后，兜先洗脸、梳头，随后打开房间里的衣柜，开始换衣服。

因为没有专业的防护服，他只能在普通的衣服上下功夫。

他先穿好一条运动裤，又在外面套上了一条牛仔裤。虽然行动不便，也只能先这样了。接着，他拿起桌上的自动铅笔，用笔尖在牛仔裤上使劲扎了一下。疼！不知道黄蜂的毒针扎进来会不会比铅笔尖更疼。伴随着种种不安，他又从衣柜深处拽出一条滑雪裤穿在了身上。下半身就先这样吧，再穿也穿不上什么了。

接下来是上半身。兜先穿上了卫衣。为了盖住脖子，他又从放冬装的柜子里拿出高领毛衣套在了身上，然后加了一件牛仔外套，最后套上了羽绒服。

兜虽然站得笔直，但由于穿得太多，他像个雪人，似乎一不小心就会摔倒。

他还在脚上套了两双袜子。虽然弯腰极为困难，他还是努力曲膝，伸手穿了上去。他准备在手上戴一副滑雪手套，不过可以等到了院子里再戴。

“还有……”兜在屋里环视了一圈，抓起放在角落的全脸头盔，打算用它来护住头部。他试着戴上，并将护目镜推了上去。虽然有些喘不上气，但也没有办法。他换上这些衣服并没有花太长时间，但闷热难耐已令他苦不堪言。这几天的气温都在三十度以上，电视里也总在提醒大家小心中暑。一大清早可能还不会太热，但他还是有些不安，就像第一次完成杀人任务时那样紧张。

正要走出房间时，兜突然意识到脖子还不够安全。虽然戴着头盔，但一转头就会露出脖子，而且高领毛衣也挡不住黄蜂的毒针。

“脖子那里还不行。”兜自言自语道。

可能是平时杀人的时候经常拧断对方的脖子，兜对颈部血管的知识了解颇多。他不知道黄蜂的毒性有多强，但如果考虑到毒素会通过颈部血管扩散到全身，那么脖子就是很可能受到攻击的地方。

兜找了半天都没有找到围巾。过了一会儿，他突然想起冬天时曾用那条围巾勒死了目标，已经处理掉了。

没时间考虑这么多了，时间一分一秒过去，蜂群可能已经开始活跃起来了。

好，就这样吧！兜从抽屉里取出一卷胶带，贴在头盔和羽绒服之间的缝隙里。因为穿得实在太厚，他的动作异常笨拙，但这个时候形象已经不重要了，他将胶带胡乱地贴在了身上。

兜来到走廊。

下楼前，他看到儿子的房门没关，便走了过去。探头往里看，克巳在床上睡得正香，桌子上的习题集还摊开着，可能一直学到了深夜吧。

兜甚至忘了他此时是一身宇航员似的怪异打扮，径直走了进去。他好像已经有很久很久没有来过儿子的房间了。

他低头看着儿子微张着嘴巴酣睡的样子，觉得这副模样和儿子小时候如出一辙。转眼间，儿子都这么大了，兜不禁一阵感伤。

妻子说过，克巳考上大学后，可能就要一个人生活了。若果真如此，儿子在家的时光也越来越珍贵了。

兜想到接下来要和蜂群对决，便又紧张起来。

他站在熟睡的儿子身旁，轻轻俯下身，隔着头盔说道：“你要成为一个好人啊。”

根据网上的消息，黄蜂的毒性并没有平时说的那么夸张。就算被蜇伤，也是从第二次开始才会导致过敏性休克，所以没必要过分恐慌。但即便如此，兜还是认真地对儿子说：“照顾好你妈妈。”

兜

这是一场恐怖的战斗，也是与时间的战斗。兜已经呆呆地站在院子里的丹桂树前二十分钟了。太阳刚才还只是从夜色中探出头来，现在已升得老高。

刺眼的阳光像是将兜推到了聚光灯下，让那身滑稽的穿着更加醒目。

要是被人看到就完了，兜不禁想道。羽绒服是白色的，让他现在看上去就像个一身白的怪异男子。

兜站得笔直，拿着修剪枝叶的剪刀和丹桂树对峙。他最终还是没有戴滑雪手套，因为他发现戴上后拿不住杀虫剂。万一杀虫剂脱手，那就麻烦大了。因此，他换成了劳保手套。

一旦剪断树枝，就无法回头了。这一点倒是与兜平常的工作别无二致——在朝着目标迈出第一步的瞬间，就再也没有后退的余地，之后只能专心杀人，完成工作。

胡思乱想间，不知又过了多久，兜开始全身冒汗，头盔闷得他喘不上气来。他将护目镜推上去了好几次，呼吸外面的新鲜空气。

过了一会儿，兜下定了决心。再这么耗下去，住在隔壁平房的老太太窑田可能就要出来了。今年满七十岁的她每天早上五点起床，到院子里看看花草是她每天早晨必做的事。兜希望能在她看到之前完成作业，换下这身衣服。

兜往前迈了一步，伸出剪刀。他知道自己现在正战战兢兢地弯着腰，但他怎么都无法挺直脊背。

树枝断了。

因为太害怕，兜只剪掉了树枝前端很短的一截。枝条掉在了地上，丹桂树却几乎看不出任何变化。蜂群也没有出现。

再来一次。兜伸直手臂，扭过身将剪刀探进枝叶深处，用力一剪。他能感觉到树枝被剪断了，随即传来树枝掉在地上的声音。

观察情况前，兜先用左手拿着剪刀，右手抓起了脚下的杀虫剂。他穿得实在太多，手臂活动不便，只得晃晃悠悠地伸出手，朝着前面猛地按下喷嘴。

刺的一声，杀虫剂喷了出来。

一只黄蜂掉在了地上。

已经没有退路了。兜尽量摒除杂念，一门心思地继续着手上的工作。

用剪刀剪断树枝，举起杀虫剂，喷射。移动剪刀，留意黄蜂。举起杀虫剂，按下喷嘴。放下杀虫剂，剪断树枝。

树枝每每晃动，蜂群都会迅速飞出蜂巢。兜举起杀虫剂攻击，越来越多的黄蜂掉在了地上。

习惯之后，恐惧便逐渐消失了。

不过，有时也会有黄蜂躲过杀虫剂，消失在天空中，仿佛是想趁人不备，突出重围。这些逃走的黄蜂不知道会飞向哪里，如何盘旋，从什么方向接近兜。兜的视线范围本就有限，再加上护目镜的关系，很难看清周遭的情况。所以只要有一点风吹草动，兜就觉得是黄蜂来袭。虽然只是错觉，他还是会慌慌张张地或转身或后仰来躲避，手上的杀虫剂更是一阵乱喷。等别处又传来响动时，他再继续重复刚才的动作。

真是难堪至极。

就在一只黄蜂消失得无影无踪时，兜突然感到脊背发凉，急忙退到墙边，后背紧紧贴在了墙上。他一把将护目镜推上去，大口大口地喘着气。

这一切，就像是一个人在表演罪犯逃跑的哑剧一般。

憋闷、燥热，再加上恐惧和紧张，兜备感疲倦。恍惚间，他的意识竟然模糊了起来。

兜喃喃道："被毒死之前，怕不是会先热死吧。"

终于，他发现了刚才逃走的黄蜂，杀虫剂随即喷了出去。确认黄蜂落到了地上后，因打败对方而感到安心的同时，罪恶感也涌了上来。

黄蜂没做坏事，它们并不坏，只是在遵循自然法则筑巢安居而已。网上也说，黄蜂的攻击性并不强。

“但我也……”兜想说，“必须要保护家人啊。”

他继续剪断树枝，喷射杀虫剂。

蜂群不断涌出。应该是外敌入侵的消息传遍整个蜂巢了。

现在只能心无杂念，死拼到底了。兜集中精神，身体机械地动着。虽然呼吸不畅，浑身冒汗，但他告诉自己这是一场耐力的比拼。黄蜂究竟有没有耐力还是个谜，不过兜已经没有心思去考虑这些了。

距离剪下第一根树枝差不多过去了二十分钟，兜突然发现丹桂树的枝叶已经被剪掉了大半，如巨大果实般的蜂巢也变得清晰可见。

终于出现了吗?

幸运的是，蜂巢的小孔正朝兜。要是在对面，就束手无策了。

趁着斗志还算高昂，兜赶紧将剪刀放在地上，一把抓起了杀虫剂。

这是最后的攻击。兜一边朝零星飞出的黄蜂喷射杀虫剂，一边调整心态。

好！兜在心中吹起了战斗的号角。他将喷嘴伸进小孔，猛地按下了去，仿佛要用尽全力将杀虫剂喷光，白烟随之弥漫开来。

罪恶感充斥着兜。

他想起那个视频中与螳螂殊死搏斗的黄蜂。那些黄蜂拼尽全力，只是想保全栖息地，让同伴生存下去。就算是它们在这棵树上筑巢太不走运了，兜和家人也没有告诉过它们不能在这棵树上安家。它们根本不知道这里不行啊。

“对不起。”兜对黄蜂道歉。他在杀人时从未流过眼泪，这令他自己震惊不已。他想抹掉眼泪，却被护目镜挡住了。

杀虫剂已经喷完，兜仍然按着喷嘴，沉浸在刚才的情境中。下一个瞬间，他猛地将护目镜推了上去，像是清醒了过来。他后退了一步，又后退了一步。树周围已没有黄蜂的踪影了。

赢了吗？兜怅然若失，终于放松了下来。

兜

兜的脚边散落着大量黄蜂的尸体。他调整了一下呼吸，低头看去，只见遍地都是被杀虫剂杀死的黄蜂，黄黑相间的尸体上沾满了药水和泥土。兜又一次感到抱歉，脑海中浮现出了一句“长夏草木深，武士当年梦痕[1]”。

他用双手握住剪刀，慢慢向前走去，然后将剪刀伸向蜂巢的

①松尾芭蕉所咏的俳句，意在感叹曾经的繁华不过南柯一梦。

顶部。地面一片泥泞。

兜用力一剪，只听咔嚓一声，蜂巢应声而落，重重摔在了地上。可能是杀虫剂喷得太多，蜂巢已经变得十分柔软，像水果摔在地上，碎成了几瓣。许多小白点露了出来，兜定睛一看，发现竟是黄蜂的幼虫，不由得倒吸一口凉气。杀死幼小生命带来的罪恶感又一次向他袭来。

难道就没有其他办法吗？

是的，别无他法。

兜蹲下身子，挖了个坑，将蜂巢埋了进去。至少，他要埋葬这些幼虫的尸体。

制作完这块临时墓地，兜重重叹了口气，起身伸了个懒腰。这身怪异的打扮依旧让他迈不开腿，身上也疼了起来。他转身朝玄关走去，想快点进屋。他边走边摘下了头盔，脖子上的胶带却怎么也撕不下来。

不知道现在几点了。隔壁的窑田还没出来，应该还不到五点。

就在这时，兜突然看到一个人影，有个男人躲在玄关前的门柱旁。兜起了疑心。此人并非出门晨练，看到兜还躲起来，想必是同行。

兜下意识冲出院子，飞奔到门外。出现在他眼前的是一个瘦高的男人。此人是没办法逃走，还是因为被人发现而放弃逃走了，又或是早就知道会被发现呢？

男人盯着兜。他身穿黑色长袖T恤和牛仔喇叭裤，年龄不详，乍一看像模特一样优雅帅气。他双手插在牛仔裤后面的口袋里，看上去毫无防备。即便如此，兜还是觉得他是同行，甚至能感受到他周身散发出的警惕感。也许他插在口袋里的手正攥着武器，做好了随时出击的准备。

“你是冲我来的吗？”兜问道。他想起从医生那里得到的情报——杀手黄蜂想要他的命。

“你以为这个时间所有人都在睡觉吗？”莫非此人就是黄蜂？一旦这样想，兜就会相信那是事实。他的性格就是如此。

之前在某栋大厦里做危险的工作时，好像在电梯里见过一个和这个男人很像的人。后来有传闻说杀手黄蜂当时也在现场。对，这个男人肯定就是黄蜂，不会有错。

男人一言不发，只是盯着兜。

不知道对方什么时候会发动攻击，兜不由得绷紧了身体，但刚刚驱赶完黄蜂的疲惫感又缓缓袭来。对方如果是普通人倒还好，但要是同行，动起手来恐怕胜算很低。兜抑制住加速的心跳，盘算着该怎么办。

至少要保持警惕，在对方出手的瞬间能够反击，但兜感到身体异常沉重，视线也已经模糊不清。

对方迟迟未动，望向兜的表情逐渐僵硬起来。

他是怕我吗？那他真是不配干我们这行。在目标面前怎么能面露惧色？

这时，兜才想起身上还穿着驱赶黄蜂的行头。用胶带固定的头盔、一层又一层叠穿在一起的衣服，这副样子就算被人当成膨胀起来的怪物也不稀奇。

所以，对方是在小心戒备吗？要是这副打扮的人出现在面前，确实会心生疑窦。

兜试着向前迈出了一步。

男人后退了一步。

“你的武器是毒针吧？不过没用的。”兜把护目镜推了上去，说道，“你看看我这身打扮，怎么可能蜇得到我？”

男子上下打量着兜。

“早就知道你会来。”兜做了个深呼吸，小心地压抑着内心的兴奋，“我已经做好了准备，就等着你呢。”

这些话自然都是编的。就算是同名同姓，兜也只是为了对付真正的黄蜂才会如此打扮。

男人依旧一言不发地盯着兜。

他现在和我刚才看蜂巢时的表情差不多，兜想，那是一种对未知生物的恐惧。

“今天你还是回去吧。”兜挑衅般说道。

男人后退了几步，转身离开了。

兜目送男人远去的背影，做了个深呼吸。他刚放松下来，就听到从隔壁平房的玄关传来了开门的声音，兜一下子慌了神。可能是窑田要出来了，得赶紧躲起来。他急忙穿过大门，朝自家玄关跑去。

这时，兜突然被绊倒了。他踩到了松开的鞋带，整个人瞬间失去了平衡。因为实在站不稳，他只好继续保持着前倾的姿势向前踉跄了几步，最后还是向前摔去，直挺挺地扑倒在了院子里。

兜筋疲力尽。

疲惫和闷热令他动弹不得。他呈“大”字形仰躺着，望着清晨晴朗的天空稍事休息，渐渐感到困意袭来。浑身汗津津的很不舒服，但他想在这里躺一会儿也不会有什么报应吧。

◆

女子转身锁上了公寓的大门，拉起儿子的手，穿过五楼的走廊。因为要回老家，她便带着儿子一早出门，但太阳已经高高升起，看来今天的东京依旧十分炎热。

“外婆那里会凉快一些吗？”五岁的小男孩望着外面问道。平常这个时间他还没有起床，不过或许是急着去见外祖母，他今天醒得很早。

“青森应该会比这里凉快。”女子顺着儿子的话，讲着怎么乘车前往青森。

等电梯从一楼上来时，女子低头看了看儿子。这个幼小稚嫩的身影站得笔直，看上去很可靠。想到昨天脱口而出的话，她心中隐隐作痛。

女子不经意地向外望去，突然注意到了什么。

站在五楼眺望远方，附近的住宅尽收眼底，她发现一处独栋小楼的院子里有一个人影，不过她也不太确定。她有些在意，便从包里拿出了数码相机，对准了小院。镜头聚焦后，应该就能看得很清楚了。就这样，一个呈“大”字形躺着的人进入了她的视线。

那人仰面倒在小院里。

说是玩偶未免太庞大，但看着又不像普通人。难道是件装饰品？

“妈妈，怎么了？”小男孩问道。电梯门已经打开了，他的妈妈却毫无反应。

“有个奇怪的人在睡觉呢。”

“奇怪的人？”

女子将相机递给儿子，抱起了他，一边叮嘱他不要从围栏上跌落下去，一边告诉他那栋小楼的位置。

儿子看了一会儿，摇着头问道：“在哪儿呀？”说着，他“啊”了一声，大声说：“真的！”

“是吧？不过也可能是个玩偶。”

“刚才还动了呢！身上穿着宇航服。”

“嗯。”女子感到颇为奇怪，放下儿子后又举起了相机。那个怪人好像戴着摩托车头盔，但看起来确实像穿着宇航服。

儿子嚷着想要再看一次，女子便又抱起了他。思索片刻后，女子深吸了一口气，说道：“可能那个人是要到太空去，把变成星星的米介带回来吧。”

“是呀。”小男孩上扬着嘴角，不知有几分认真，“那个人是从太空中掉下来了吗？”

“真的太危险了，所以还是不要带米介回来了吧。”女子继续道，“就让它变成星星吧。”

她没有忘记前一天说的那些冷冰冰的话。然而儿子依旧笑容满面，仿佛什么都没有发生。她为孩子的宽宏大量感动不已，但一想到伴随自己十年的猫离开了人世，眼泪就止不住。不过，她也确实不该忘记自己是一个母亲。昨天的态度真的太差劲了。她想向孩子道歉，但不知是因为不好意思还是自尊心作祟，她终究没能说出口，只是问儿子：“那个人会不会真的见到了米介？”

“昨天真的很对不起。”她终于说出了这句话。但她不知道的是，数十分钟后，躺在院子里的那个男人被早上起床的妻子痛骂了一顿。

“你穿的都是些什么啊？你该不会擅自跑去解决黄蜂了吧?！”

蜡笔
CRAYON

兜

兜抬头望向岩壁，各种颜色和形状的石块映入眼帘。攀岩运动中，这种石块称为“岩点”，旁边还贴着彩色胶带。兜确认正面岩壁上贴有蓝色胶带的岩点的大致路线后，又确认了脚下的位置，随即伸出双手，抓住起始位置上的岩点，一步步向上爬去。攀岩运动的规则不算太多，其中一个便是要求攀岩者必须双手抓住带有起点和终点标记的岩点。

一开始，兜认为攀岩不过就是借助岩壁上这些像石块一样的支撑点向上攀爬的体育运动，但随着不断的尝试，他发现攀岩还需要创意，蕴藏在其中的内涵非常深刻。

岩点宛若一个个巨大的贝壳。双手抓住岩点时，自然地形成了祈祷般的姿势。为了不跌落下去，兜总是紧紧地抓住岩点，还经常在那一瞬间想起祈祷的事。他的工作非常危险且有违道德，已经不可能得到原谅，也没有办法再忏悔，所以兜祈求的是希望家人平安，希望妻子和儿子能够安稳地度过一生。

兜将抓着岩点的左臂伸直，身体贴紧岩壁朝右上角的岩点爬去。肱二头肌隆起，因发力带来了些许酸胀，让兜觉得是在真真切切地活着。他腰部发力，抓住右上角那块淡蓝色目标岩点，同时在心里许下了一个愿望：希望能早日金盆洗手，远离杀手界。但一直给他介绍工作的医生迟迟不同意，说必须要赚到更多的钱。

兜伸手抓住正上方的岩点，身体用力向上抬，左手随即抓住另一个岩点，心中又许下了第三个愿望：希望妻子能早日意识到他的重要性，也希望妻子能对他更温柔。

“我说三宅，你爬得可真快啊。”兜从铺在岩壁下方的缓冲垫上走下来，正坐在椅子上休息，旁边过来了一个身穿正装的男人向他打招呼。平时做危险的工作时，他都被以代号“兜”相称；回到家里，他的称呼又变成了“孩子他爸”或者“老爸”。在公司以外的地方还会有人像这样叫他的本名，确实是一件新鲜事。

“啊，你是下班过来的吗，松田？”

“嗯，我刚到。今天我一定要拿下那条紫色的路线。”

岩壁上有许多岩点，如果攀岩者可以随心所欲进行选择，攀岩未免显得过于简单。因此，规定攀岩者只能借助指定的岩点到达终点。根据每个岩点旁边贴的胶带颜色的不同，难易度也不尽相同。例如，初学者要攀贴有粉色胶带的岩点。

松田往手上沾了些防滑粉后，便踩上垫子，朝岩壁走去。只见他双手抓住了贴有紫色胶带的起始岩点，挺身向上爬去。

兜选择市里的这家攀岩场馆，并没有特别的理由。有一次，兜的任务是利用药店老板的过敏性休克症状致其死亡，他无意间在执行任务的大楼对面看到了这家攀岩场馆的广告牌，上面写着“这个秋天，最具话题度的冷门运动”。都最具话题度了，还能算得上是冷门吗？兜觉得这牌子写得有些奇怪，却产生了兴趣。这里离家不算太近，不过坐地铁倒是可以直接到离这里最近的一站。

和兜同一段时间来的，是一个姓松田的男人。据说他在离这里不远的一家广告设计公司做销售，很早就对攀岩感兴趣，只是一直没有机会。这次他终于下定了决心，来这里体验攀岩的乐趣。

出于安全上的考虑，攀岩时一块岩壁仅限一人攀爬，其他人需要在后面等待。这有点像大家轮流打保龄球，不过与保龄球不同的是，攀岩并不打分，也不存在人与人之间的竞争。这项运动是自我满足的极致，它只要求人们奋力攀爬，而不会让人陷入疯狂进行身体改造的自我陶醉中。

“没想到攀岩也能让人这么有成就感。”这大概就是松田对兜说的第一句话。

那天，场馆里的人很多，等待的时间也有些长。可能是松田见兜和他年龄相仿，又碰巧离得很近，所以才主动打了招呼。兜自然心生戒备，担心对方可能知道自己的职业，甚至可能是同行。当时兜只是简单地应付了几句，但随着二人在场馆碰到的次数越来越多，兜渐渐发现松田原本就是自来熟的性格。从那以后，二人见了面便会聊上几句。这样的关系令兜感到新鲜。

某日，兜和松田聊到即将登陆的台风时，松田的手机突然响了起来。他说了声“抱歉”，便朝门口走去。兜已经爬完一次了，松田还没有回来。兜不经意间朝厕所那边看了一眼，竟发现松田仍举着手机，频频点头。兜觉得松田可能是在工作上遇到了什么问题，但他回来后难为情地说的一番话，令兜瞬间觉得备感亲切。

“唉，刚才的电话是我妻子打来的。说来惭愧，我在公司的销售业绩数一数二，公司上下对我的评价也不错，但回到家里却一点地位都没有。”

不知不觉间，兜已经伸出了手。他想和松田握手。

松田愣了一下，但很快明白了兜的意思——这是一次革命同志间的握手。“你也……”松田的后半句话应该是“怕老婆”吧。

“嗯。”兜轻轻点了点头。

“那你要是加班到很晚，回家会挨骂吗？”

“她应该睡了，”兜答道，“但还是会嫌我回家的动静太大。”

闻言，松田平静地皱了皱眉，露出了一副哭笑不得的表情。“我也是。而且到家之后想找点吃的，她却连我开冰箱的声音都嫌烦。”

“我告诉你一个最佳食品。”兜发现自己的情绪竟然高涨起来，声音也拔高了，“既不会发出声音，保质期还长。”

“我会选鱼肉香肠。”

什么！兜大吃一惊。如果一个数学家发现某位学者用和自己同样的方法解决了困扰人类百年的经典数学难题，这个数学家应该会和此时的兜有着同样的心情吧。二人的手再一次紧紧握在了一起。从那之后，在场馆和松田聊天便成了兜的一大乐趣。他从来没有想过居然会交到这样的朋友。

松田已经爬到了紫色路线的顶端，接下来必须要用双手抓住最后一个岩点，但他失败了，从岩壁上掉了下来。曲膝落在垫子上之后，他一脸懊恼地走了回来。

“太可惜了。”兜说道。

松田揉搓着双手，可能是在确认手上还有多少劲，闻言，他笑着说：“我抓着岩点的时候，总是会想到家里的事。”

“什么意思？”

“邻居都说我家庭和睦，当然确实也没有什么不和，但有时候我还是觉得自己是在拼命维持着这个和睦的家。”

“嗯……”

“我没有勉强自己，毕竟妻子和女儿对我来说都很重要。只是有时我会感到有些力不从心，也许松开手摔下去反而更轻松。”

“嗯……”兜还没有过这种想法，但他非常理解松田。有时候，他也不知道为什么要为了家而忍气吞声。

“感情是不会相互抵消的。”松田说道。

“什么意思？”

“不满不会因为有好事而一笔勾销，感情也不能用简单的加减法来计算。”

之后，二人聊得热火朝天。松田突然问道：“对了，三宅，你儿子多大了？”

“今年高三，快高考了。”话音刚落，兜感到一阵紧张。是啊，儿子就快高考了，也不知道这孩子是怎么打算的。

“真巧，”松田眨了眨眼睛，“我女儿也是高三，也在准备高考。”

兜喜出望外，随后的谈话更让他们发现了一个惊人的事实：兜的儿子和松田的女儿竟然在同一所学校就读。这个巧合让二人先惊后喜，再次将手紧紧握在了一起。

“咱俩就算是爸爸友[1]了。”

听了松田的话，兜心底涌出了阵阵感动。他从来没有想过，自己也会有交到朋友的一天。

兜

兜回到家时，克巳正在客厅吃泡面。长身体的时候应该多吃点有营养的东西，不过兜没有说出口，因为他在与儿子年龄相仿的时候吃得更差，活得更糟，没有资格去纠正儿子的饮食问题。更重要的是，一旦劝了儿子“不准吃泡面”，妻子很可能会认为兜是在要求她“给我好好做饭”。不光是妻子，世上所有的女人，不，应该说所有的人，都对这种“话里有话”的言外之意相当敏感。

①指父亲之间的交友形式。他们因孩子而结识，谈论的话题通常也都围绕孩子。

人们总是会怀疑别人的话语里有深意、讽刺或批判，这也许就是将语言作为重要交流方式的人类独有的生存之道吧。而令兜困扰不已的，是他的话里明明没有什么弦外之音，但对方总能解读出厌烦或讽刺的意思，而且这种情况已经不止一两次了。兜的妻子就是这样一个总能从别人的话语中挖出“深意”的天才。

克巳一边吃泡面，一边翻看着单词本。见此情景，兜不禁想起自己十几岁时为了生存拼尽全力的那段岁月。那时为了活下去，他甚至做了许多违法的事。

“你现在吃的是什么时候的饭？”兜忽然有些担心地问道。指针指着下午三点。这个时间，吃午饭太迟，吃晚饭又太早。

“应该是午饭吧。”

“别太勉强自己。”

“嗯，我只是想把能做的事情都做了。”

“要是不行就算了，对吧？”这是妻子以前经常说的话。她总说“每个人能力有限，把能做的事情都做了，要是不行就算了”。兜曾问她这句话是不是“尽人事，听天命”的意思，她不置可否地说道：“我说的更好理解，也不是一副高高在上的口气，非常好。”想到这里，兜问儿子：“你妈妈呢？”

“在二楼呢。老妈一收拾屋子就停不下来。”

兜叹了口气。不管是看书还是打扫房间，只要妻子入了迷，就会很容易忘记时间。她本就对如何整理东西很讲究，特别是收拾屋子，更是要一尘不染才肯罢休。这不是什么坏事，但家里的日常作息也就变得混乱起来了。

这时，兜听见了妻子下楼的脚步声，顿时感到胃收缩了一下。

“啊，老公，你回来了呀。”

“嗯，刚回来。”

“我一收拾屋子就停不下来了。柜子里都是东西，一直想整理整理，就大动了一下，把那边的东西都搬到这边来了。你房间里可以放东西吧？”

“当然可以。”说是兜的房间，其实就是稍微经过改造的储藏间，只是将它称为“爸爸的房间”而已。兜曾说想重新装修一下，能有一间自己的房间，但在妻子的提议下，成了现在这个样子。

“收拾屋子真是辛苦。”“有那么辛苦吗？——不不，我是说你真是辛苦了。”学会慰劳对方，是基本，也是第一步。前几天在攀岩场馆和松田聊天时，松田也表达了相同的意见。“我在十九年的婚姻生活中学到了一点。妻子无论说什么，你都只有一个选择——附和地说上一句‘真是辛苦’。不管她是在抱怨还是在问你问题，这句‘真是辛苦’都是最治愈她的。”

兜表示赞同。比如，当妻子问“这件衣服和那件衣服哪件好看”时，要非常同情地说一句“真是辛苦”来慰劳对方。当然，可能会被妻子责备没有给出明确答案。但其实就算给出了回答，也不一定能保证平安无事。

“老公，今天晚上咱们吃炸猪排，行吗？家里还有冻肉。”

“当然行呀，我正好也想吃炸猪排了。”此话不假，刚才兜在外面踩点，转了很久，确实有些饿了。

“不过我收拾屋子还需要一点时间，还要去买面包糠什么的，晚饭可能要晚点才能做。”

“我去买面包糠吧。”

“你去？”

“嗯，你也辛苦了。”

妻子上楼后，克巳冷冰冰地看着兜说：“老爸，你还真是能对老妈点头哈腰啊。”

“点头哈腰？我只是在慰劳她而已。”

“但是你也有工作啊。而且刚才你说要去买面包糠，老妈也没觉得有什么不好意思的。”

“你别瞎说。”

“我要是上了大学，开始一个人生活了，还真是有些担心你。”

“什么意思？”

“我怕你和老妈两个人过得不顺心。”

儿子是在关心我以后的生活吗？兜感动得想上前抱住儿子，不过他自然没有这么做。

“最近，我们年级有个男生突然在学校里大闹起来，明明平时都挺稳重的。”

“他被人欺负了？”

“不是。他是个认真的人，就是缺少点那个。”

“哪个？”

“应该说是社会性吧。”

“我到现在也没有啊。”

听了兜的话，克巳笑了起来。“上课的时候，那个男生突然朝旁边的女生大喊大叫，怒吼道：‘不要说得好像你很明白似的！’具体情况我也不太清楚，不过听说他家庭关系挺复杂的，应该是积怨很深。旁边的女生说了几句同情的话，他就爆发了。”

“这和我有什么关系？”

“我是觉得，迟早有一天你也会爆发的。虽然你和老妈关系不错，但一直都是你在让着她吧。”

“你是这样认为的吗？”兜加重了语气，向前探了探身。果然苍天有眼啊！兜不禁想仰天长啸。但转念一想，他一直都在做收人钱财、取人性命的事，那么不堪又不可原谅，且短时间内无法金盆洗手。如果真是苍天有眼，这种见不得人的行为必然会遭到严惩，只是早晚的问题。迟早有一天，他是要付出代价的。就算这一天真的来临，他也不希望家人受到牵连，卷入不幸之中。

“因为每次都是老爸你在道歉啊。其实你应该更有威严的。”

“我就是这种性格。你要小心以后别像我一样。”

“嗯，不过太大男子主义、总摆一副臭架子也很不像样。”

“我差不多该去买面包糠了。”兜站起身，又问克巳，“你们学校有没有一个姓松田的学生？”

“松田？松田风香？”

“你认识吗？”

"我们同班啊。刚才我不是说有个女生说了几句同情的话，结果被人吼了一通吗？那个女生就是松田风香。"

这么巧！兜大喜过望。原来这两个孩子不仅同校，还是同班，而且儿子刚刚还提到过。与其说是偶然，倒更像是命中注定，彼此之间擦出爱情的火花也不足为奇。

楼梯上又传来了妻子下楼的脚步声。兜此时的感觉像是背负着莫须有的婚外恋罪名一般紧张不已。他刚想问妻子扫除是不是已经告一段落了，妻子却先指着楼上说道："还要再收拾一会儿。"

"真是辛苦啊。"

"要不别吃炸猪排了，吃点清淡的吧，行吗？煮点挂面什么的。"

此时的兜一心想吃炸猪排，甚至觉得胃都已经变成了猪排的形状。而且妻子是在用商量的口气问"行吗"，要是一般人，恐怕会坚持己见，说"还是想吃炸猪排"。但对兜来说，这未免太不专业。多年的相处让他早就知道应该如何回答，只听他毫不犹豫地说道："我也正想着煮点挂面更好。"

克巳扑哧笑了出来，翻着单词本念道："可悲，可怜，poor。"

兜

内科诊所的候诊室里空荡荡的。不知道是不是工作日的关系，只有一个老太太慢慢地坐到了长椅上，可能是膝盖有问题吧。这家诊所位于办公楼群一角的某座大厦的中间楼层。

“这里的医生都冷冰冰的。”老太太向兜搭话道。

兜愣了一下，答道：“啊，是啊。说得好听点就是沉着冷静吧。”

“没血没肉，我觉得这个词更贴切一些。”

“有医生的资质和知识就行吧。”

“说得也是。有血有肉也不一定能治好病。”

老太太正笑着，兜就被叫进了诊室。

一个身穿白大褂、戴着圆框眼镜的医生坐在兜对面，含糊地问道：“后来怎么样了？”

“还是老样子。”兜自然不会提起他交到了朋友的事。

医生翻看着病历，说道：“我推荐你做这个手术。”

兜接过医生递来的病历，大致看了看便立刻还了回去。“还是算了。这是恶性的吧？医生，我说过不再接恶性手术，而且我也不想再动手术了。”

“可是，简单手术的费用是很低的。我以前不是告诉过你吗？与良性的手术相比，恶性的反而不会产生那么多负罪感。”医生的皮肤光滑紧致，像人偶一般面无表情。要是能用检查结果中的数值直接推断出具体病因，医生也许可以用只会打印结果和处方的人偶代替。兜发挥着想象，甚至怀疑眼前的医生就是那类人偶的试制样品。

“那这个手术怎么样？”医生又递来了一份病历。

这份病历上写着一个杀手的名字，此人擅长使用剪刀、美工刀、锥子等工具，体貌特征、活动范围和迄今为止完成的工作也都一一记在了上面。为了伪装成病历的样子，这些内容多是用行话写成，以德语为主，兜费了一番功夫才在脑海中将其翻译出来。

“一说起用刀，我就想到了蝉。”

“真怀念啊。”医生的语气里却听不出丝毫怀念的感觉。

接着，医生又夹杂着行话向兜说明了一下情况。这个杀手想脱离现在所属的组织，高层得知后便要除掉他。虽然还没有悬赏通缉这么夸张，但许多杀手和代理已经接到了委托。看来，叛徒和逃兵只有死路一条。

克巳出生后，兜一直希望能辞掉杀手的工作。在他看来，也许某一天，同样的事情也会发生在自己身上。

“还有别的吗？”兜问医生有没有其他工作，最好是安全一些的。他和使用类似美工刀的同行交过手，确实很难对付。还有一次差点和擅用刀的蝉碰上，不过没有打起来。“我一直都感到奇怪，业界没有新陈代谢吗？”

“什么意思？”

“我干这行这么久了，几乎没听说过什么年轻杀手。做这份工作确实需要习惯和直觉，可是每次听来听去都是那几个人，难道就没有什么值得期待的新人吗？”要是有的话就赶紧让我退休，让有能力的年轻人大显身手吧。

“值得信赖的，终究还是老手。”

“但老手也都是从新手过来的啊。”

“确实如此。不过任何事都会两极分化。有名的只会越来越有名，无名的则永远无人问津。”

“这是恶性循环。”

“嗯。不过也正因如此，没有名气的杀手才会愿意去做一些夺人眼球的事，借此提高声誉。比如他们会选择难度很高的工作，或向知名杀手发起挑战。”

兜不禁苦笑。有像他这样想金盆洗手的人，就有想在这行拼出个名堂的人吗？

“这个怎么样？”医生又拿出了一份病历，“这个手术的目的有些不太一样。”

兜看了一遍病历，听医生低声介绍了手术情况。简单来说，这次是要“准备一具尸体”，确实跟平时的要求大有不同。目的不是为了杀掉某个具体目标，而是因为需要尸体才必须杀人。据说委托人是为了躲避追杀，想找一具尸体作为伪装，让追杀他的人以为他已经死了，所以需要一具尸体来当“替身”。他的身高、血型和体貌特征等也都写得一清二楚。看来是要杀掉一个满足这些条件的人，但是真的能找到这么合适的吗？

医生否定了兜的想法。只要性别一致，年龄大致相符，再将尸体处理一下便可蒙混过关，所以不一定需要所有条件都吻合。

“这么说，”兜说出了他的想法，“刚才不是还有一项委托吗？就是有个杀手想辞职。”

“DIY。”医生脱口而出。兜愣了一下，才反应过来医生说的是那个杀手的代号。不知起这个名字是源于对使用工具的业余木匠的印象，还是因为杀人用的工具都是在 DIY 用品商店置办的。

“先干掉这个 DIY，再把他的尸体交给第二个委托人，岂不是一举两得？”兜虽不打算这么做，但觉得这是个不错的主意。

“你的意思是把第一台手术切除的肿瘤用在第二台手术上？”

“是的。”

医生似乎有些同情兜，缓缓摇了摇头。“这两台手术是连不到一起的。”

“是吗？我倒觉得是个不错的主意。”

“第二台手术的委托人，就是 DIY。”就是说，DIY 正在寻找一具作为“替身”的尸体来摆脱组织的追杀。看来，医生接到了“杀掉 DIY”和“为 DIY 寻找替身”两项委托。虽然很有趣，但确实无法一起完成。

“你对哪台手术有兴趣？”

兜耸了耸肩。准备尸体的工作更为轻松，只要杀掉一个普通人即可。但要从罪恶感更少、报酬更高的角度考虑，则应该接下杀死 DIY 的工作。毕竟，将普通人作为目标，很可能会引起警察的注意，而且选择什么人动手也要花一番功夫考虑。

兜告诉医生要再考虑一下，便离开了诊室。仍旧坐在候诊区长椅上的老太太冲他点了点头。这个老太太会不会也是杀手，还是她只是来看病的？兜胡乱地想着，答案对他来说并不重要。

兜

“我今天和以前认识的妈妈们碰面了。”妻子说道。

“以前认识的？”

兜一家三口正围坐在餐桌前吃寿喜烧。

“就是克巳还在上小学的时候，一起在家长教师联合会帮忙的那几个妈妈。包括我在内，一共有四个人。好久没见了，便一起吃了个午饭。”

“真是辛苦啊。”

“你怎么知道？”

妻子这样一问，兜还真不知道应该怎么回答了。他赶紧用筷子夹起一截大葱塞进了嘴里，试图蒙混过关。

“有件事情我挺在意的。”

“嗯，嗯。”兜附和着，希望那件事不会让妻子备感压力。而旁边的克巳只是灵巧地用单手打着鸡蛋，不时翻看单词本。

“你还记得铃村吗？和克巳一个年级的。”

“女生？”克巳抬起头，简短地问道。

“对，对。她爸爸最近好像去世了，听说以前是开药店的。”

兜正咽下刚放进嘴里的肉，听到妻子的话差点噎着。“到底怎么回事？”他问道，脑海中浮现出曾接下的那项杀掉药店老板的委托。他事先并不知情，但一想到可能杀死了儿子同学的爸爸，他就不由得感到恐慌。可能这时候更应该关注的是“不管是不是儿子同学的爸爸，杀人都是不对的”，但他还是强烈地意识到应该尽快离开这个行业。

“听说是因为交通事故。”

“啊，那太不幸了。”兜一边回应，一边放下心来。他举起筷子捞着锅中的食物，似乎在掩饰刚才心中的慌乱。

“然后，铃村太太露出了很难过的表情，可是大家都不知道应该怎么去安慰她。”

“是啊。”兜没有什么特别的感觉，但还是表现出了一副感慨颇深的样子。

“这时，久本太太——对了，克巳，你还记得久本吗？就是那个很活泼的男孩。”

“嗯，久本我记得。真怀念啊。”

“久本太太说了一些安慰铃村太太的话，那些话完全没有恶意，都是发自内心的，没想到铃村太太生气了，还说久本太太‘其实根本就不理解丈夫意外去世后妻子的心情’。”

“啊？”克巳皱起了眉头。

兜想起了前几天克巳对他说的学校里的那件事。遭遇不幸的人，确实会对旁人一副感同身受、深表同情的样子感到厌烦，认为对方其实根本无法理解自己的心情。铃村太太也是一样吧。

“她的心情其实大家都能理解，毕竟她老公是意外身亡的。”

“嗯，嗯。”兜拼命点头，仿佛要将这句话刻进妻子的心里。他希望妻子能设身处地地想想“失去了老公”的生活，也希望妻子能想象一下她以后后悔当初没有对老公温柔一点的样子。

“不过要是说了‘其实根本就不理解我的难处’，那就真的没有办法了。确实很难啊。”妻子苦恼地说，“久本太太其实也是一片好心。”

“是啊，太难了。”兜应道。见碗里的米饭吃完了，他便起身打开电饭锅，又盛了一碗。

“你跟我说一声，我来盛就行。”妻子的话听起来似乎不太情愿，而兜也决不能松懈大意，真的让妻子去盛饭。他知道，自己的事情自己做才是最保险的。

“可是……”兜刚坐回去，克巳便说道，“可是，当时久本阿姨没说什么吗？”

“什么意思？”妻子明显愣了一下，不明白克巳在问什么，兜也同样摸不着头脑。“刚才不是说了吗？因为久本太太的话，铃村太太才生气的。”

“我不是说这个，那看来久本阿姨没有告诉你们啊，她还真厉害。”克巳用一副只有他自己明白的语气说道。

“什么意思？”兜问。

“久本的爸爸和姐姐，很早就因为事故身亡了。”

妻子停下了手上的动作，用力眨了眨眼，像个机器人一般僵硬地转向了兜。兜以为又要挨骂，心下一惊，不由得挺直了脊背。

看来必须要说点什么，他便向克巳确认道：“那还真厉害。你说的是真的吗？”

“真的啊。我们还上初中的时候，久本就告诉我了。不过他不怎么对别人说。”

“那久本就和他妈妈生活了？”

“嗯，这就叫单亲家庭吧。可能也是这个原因，久本特别心疼他妈妈。”

“铃村太太说‘其实根本就不理解我的心情’的时候，其实……”

“应该是理解的。”克巳的语气稍显冷漠，似乎事不关己。

“那她为什么不告诉大家，她的老公和女儿也都不在了呢？”

兜一言不发，只是怔怔地望着妻子和克巳。一直以来，他都在为生存而竭尽全力，无法体会人面对生死时的感受，更未想过身边有人离世时他会是什么样的心情。

“可能就是因为她非常理解铃村太太的心情，所以才知道那个时候不该说吧。”妻子自问自答般喃喃低语，说着说着竟一下子哭了起来。兜静静地望着妻子，只见眼泪从她紧闭的双眼中挤了出来，接二连三地滚落。

“大家都很辛苦啊。”妻子说道。

“真是辛苦啊。”兜面无表情地回应道。他还没有彻底明白妻子为什么哭，但也渐渐有些理解了她的心情，而且还想再进一步理解。此时的兜像一个正在不停观察人类言谈举止的外星生物一般，努力领悟着其中流露出的情感与心境。真想赶紧辞掉现在的工作，兜一边大口嚼着肉一边想。现在或许为时已晚，但他还是不想失去人类的情感，就这样消失在这个世界上。

攀岩场馆里的人不多，兜没有休息便一遍遍攀爬起来。他一边爬，一边在心里默默祈祷，希望家人身体健康，也希望妻子的情绪永远稳定。过了一会儿，兜从垫子上走了下来，想趁抹防滑粉的工夫休息一下。这时，他发现身旁有一个年轻女子笑着对他说道："你太厉害了，爬得真快。"说话时，女子露出了整齐洁白的牙齿。只见她穿着一身运动服，梳着短发，给人一种十分清爽的感觉。客观地说，她是个美女。

"可能是找到窍门了吧。"兜回答的同时，精神立刻紧张了起来。虽说和其他女人聊天不是坏事，且兜也没什么其他企图，但这会不会是妻子设下的陷阱？不，兜觉得应该不可能，但心里还是会不由自主地想妻子现在正监视着这里，观察着他的反应。

"这大概与你迄今为止的所作所为产生的罪恶感有关。"兜听到脑海里有一个声音在对他进行分析，"触犯法律、夺人性命的人，不可能家庭幸福，也不可能被人原谅。因为害怕自己的家庭随时会分崩离析，才会让妻子骑到自己头上，以此来提醒自己、警告自己，不是吗？"而脑海里的另一个声音反驳道："不，这都是因为她真的很可怕！”

看到松田来了，兜不禁松了口气。他感觉像是见到了经常帮助自己保持心态平衡的医生。

“晚上好啊，三宅。”松田打了声招呼，便开始热身。随后，他选择了一条贴有蓝色胶带的路线，开始攀爬。这条路线他从未失手，就在即将爬到终点的时候，他却手滑掉落了下来。这时兜才注意到松田比往常憔悴了许多。“我失败了。”松田挠着头走了过来，眼睛有点肿，脸色苍白。

“你身体没事吧？”兜问道。

松田看上去有些懊恼地说：“唉，还是被你看出来了。”

“那当然。”兜还想加上一句——我们不是朋友吗？

“昨天我和妻子谈话谈到了半夜。”

“谈话？”

“嗯，其实平时我们都不怎么谈话的，因为我基本上不会回应，应该算不上是谈话。只是，这次的事和妻子的娘家有关。”

按照松田的说法，他的岳父岳母开了一家店铺，由于经营不善，想找他借钱，帮忙救急。对松田来说，力所能及的经济支援自然不会吝惜，但岳父岳母的态度却令他颇有微词。

“我妻子也在上班，而且挣得不算少，所以我觉得她和她父母可能都没把我放在眼里，一想到这里我就觉得自己很没用。”

“这还真是……”兜不知道该说什么，毕竟松田的烦恼和他的不太一样，“很难受啊。”

“所以昨天我就罕见地发表了一下自己的意见，她也回应了。但是三宅，让我特别不能理解的是，我明明已经斟词酌句了，她却很情绪化，还说‘你怎么这么说’，让我都有些担心了。”

兜不知道这个问题是否可以归结到男女大脑结构的差异上，最后还是用沉默催促松田继续说下去。

“结果我们俩就吵了起来。我真的身心俱疲，甚至觉得自己的人生一塌糊涂，越想越睡不着。”

兜望着松田，感受着心里涌起的种种情绪。他不知道这是同情、共鸣还是完全不同的另外一种东西，比如像是对工作中要杀的目标抱有的那种阴暗想法。

“不过，三宅，”松田的表情看上去有些扭曲，让人很难觉得他是在笑，“反正睡不着，我就去收拾了一下房间，找到了女儿以前画的画。”

“画？”

“用蜡笔画的，我记得当时她还在上幼儿园。大概是父亲节到了，上面画了一张脸，挺像我的。”

“是吗？”

“旁边还写着‘爸爸加油’。”

“是吗？”兜不由得想起了克巳上幼儿园时的事。克巳应该也为他画过这样一幅画，还在家里的某个地方放着呢。他想回家之后去找找。

“今天过来我才发现，”松田指着岩壁说道，“那些五颜六色的石头，就像是蜡笔画上去的一样。”

兜同意松田的看法。下次再来攀岩的时候，他们一定会将岩点牢牢地抓在手中，拼命往上爬，因为那些彩色石块象征着他们不想失去的与孩子之间的点滴回忆。

兜

“咱们去喝一杯吧。”受到松田的邀请，兜很高兴。他和同行一起去过夜间的繁华街区，不过有时是为了完成任务，要在酒吧或居酒屋里消磨时间，有时是因为目标是酒吧或居酒屋的客人。

说起与工作无关的邀请，这也许是第一次。兜在结婚前也和妻子去过类似的地方，但如今回想起当初的甜蜜时光，已如追忆公元前四大文明古国一般遥不可及。

松田说经常去那家店，还向兜说明了店面所在的大楼位置。兜并不清楚具体在哪里，不过也欣然表示了同意。如果非要说兜有什么不放心的，那就是他还没有告诉妻子今天会晚点回家。就在兜想着要不要往家里打个电话时，只见松田已经一只手举起手机，另一只手朝他做了个手势表示不好意思。对于妻子的介怀，二人如出一辙，所以很容易达成共识。兜一边感慨他和松田的默契，一边拨通了家里的电话。

“我和朋友喝几杯就回去。”兜说道。

“哦，好的。”妻子的心情似乎还算不错，不知道是因为遇到了什么好事，还是因为刚好没做晚饭。

“那我先挂了。”说着，兜望向了旁边的松田，只见他还在对着电话不停地边说边点头。兜想到自己也是这样一直点头，便觉得他和松田实在是太像了。

繁华街区里的商业街热闹非凡，既有穿着西装的公司职员迈着疲惫的步伐走在路上，也有举止轻浮的男女嘻嘻哈哈地从身旁经过。

和松田聊天，兜感到很开心。不管是“要说麻烦的事，必须挑妻子心情最好的时候”，还是“就算是工作上的事，也不能让妻子看出高兴的样子”，这些在旁人看来可能无足轻重的话题，对兜来说却仿佛是在确认宇宙的真理。

“三宅，我要把这些技巧都记下来。”

“哎？为什么？”

“不是要给谁看，只是想着在遇到事情的时候能做个参考，而且我也担心可能会忘记夫妻相处时什么才是重要的。”

“原来如此。”

“况且，能将自己努力的成果用这种形式呈现，不是挺好的吗？”

嗯，是挺好的，赶紧写吧，兜想。

还没到店里就已经聊得这么起劲，要是坐下来，恐怕会聊到忘记时间吧。

兜和松田正往前走，迎面过来了几个流里流气的年轻人，其中一人撞到了松田的肩膀。

松田立刻道歉，对方却捂住了左肩，大嚷道："你以为道个歉就没事了？"另外两个打扮相仿的年轻人也跟了上来，站在松田和兜面前说道："老头，别给我在这儿装傻充愣。"

兜不想和这些人纠缠，拉住松田就要往前走，却被人猛地从身后拽住了夹克外套。

"站住，你还想跑？"一个年轻人凑近了兜。

真是麻烦，兜感到厌烦，不想在这里浪费时间。

松田一脸担心的样子，试图挡在兜和年轻人中间。兜见状伸手制止了他，催促道："没事，咱们快走吧。"

兜当然知道年轻人还牢牢地抓着自己的夹克外套，他从夹克的口袋里掏出了一块手帕，扔到了松田旁边。

"啊，三宅。"就在松田俯身去捡手帕的瞬间，兜利落地脱下夹克，绕住了年轻人的手，然后转身顺势隔着衣服掰断了年轻人的手指。突如其来的剧痛顿时让年轻人瞪大了眼睛，兜随即用另一只手捂住了他的嘴巴，凑到他耳边小声说道："再不走我就全部掰断，断了的我也能让它再断一次。"年轻人脸色煞白，另外两个人立刻害怕起来。兜利落地抖开夹克，重新穿在了身上。

见松田递过手帕，兜接了过来。那几个年轻人早已不见踪影。

出了商业街，兜和松田沿着一条岔路走了一小段，在一处僻静的十字路口前停下，等着红灯。二人正说着话，旁边突然传来一个声音："不好意思，请问……"兜瞬间警惕起来，不知是刚才那群年轻人回来报仇了，还是另有杀手来要他的命。

仔细一看，他发现说话的是一个年轻的孕妇，看上去快要生了。她似乎只是想问路，但兜丝毫不敢掉以轻心，因为孕妇也可能是杀手伪装的。在仔细观察了一番后，兜确定她并无恶意。

松田耐心地为孕妇指路，兜则站在一旁听他们说话，同时回忆儿子还在妻子肚子里时的情景。

正在这时，兜突然意识到这条路好像没什么人经过，路灯也有些昏暗。微弱的灯光下，突然出现了一个身形瘦高、戴着口罩的男人，手上拿着一把刀身长约十五厘米的菜刀。

松田瞪大了眼睛，下意识地挡在了孕妇身前。兜摆出随时出击的姿势，测算与口罩男的距离。这次应该是同行要来杀自己了，兜小心防备着，却见口罩男用刀指着松田和孕妇喊道："把钱交出来！"

"要钱可以。"见松田要伸手打开包，口罩男大叫起来，不停地挥舞手中的菜刀。眼看刀朝自己这边挥过来了，兜随即后退躲闪。

孕妇显然吓得不敢动弹，松田和兜举起双手，摆出了投降的姿势。在兜看来，口罩男破绽很多且并无防备，应该能够一击制胜，轻松解决。但一想到要在松田面前上演武打片，他不禁有些犹豫。

口罩男拿着这么醒目的凶器，而且已经失去理智，要想制服这样的对手，恐怕必须得用上一些非常手段了。但要是被松田看到了，他还会像以前一样继续和自己来往吗？好不容易交到的朋友就要就此失去了吗？想到这里，兜心有不甘。

口罩男像是把松田和孕妇当成了夫妻，高喊道："看来你们俩很幸福啊！"

松田怯生生地答道："不，不是这样的。"孕妇也急忙摆了摆手，害怕得说不出话来。看见她戴在左手上的戒指在黑暗中闪了一下，口罩男更加气急败坏起来。"连孩子我也一起捅死！"

这时，松田对身后的孕妇说道："快跑！"

孕妇虽然行动不便，但还是拼命地逃离了现场。

口罩男非常气愤，正要追上去，被松田拦住了去路，兜也站到了松田身旁。口罩男的手因紧张和兴奋颤抖不已，兜见状立刻明白了他并不会用刀，显然是个外行。他的体格看上去不错，似乎还很年轻。他是在自暴自弃吗？

"你们怎么可能会理解我的心情！"口罩男喊道。

兜突然觉得最近好像经常听到这种拒绝别人好意的话。

"看到别人幸福，我就一肚子火！"口罩男继续说道。这时，只听一句语气强硬的话传来："你说我幸福？"

不是兜的声音，说话的是站在他旁边的松田。"你说我幸福？我看你才是不懂装懂！"松田激动得鼻孔大张，满脸通红。

口罩男显得有些难堪，也可能是一开始就失了方寸，只见他一个劲地比画着手里的菜刀，高声喊道："你少自以为是！"

"你怎么知道我就幸福了？我告诉你，你根本就不知道我每天压力有多大！"松田仿佛忘了兜在旁边，面对口罩男开始了一场滔滔不绝的情感演说。他诉说着自己受到了妻子的何等压迫，甚至还提到他已经很多年没有碰过妻子了。松田的双肩不停颤抖，像一头被激怒的野兽。如泥泞般的苦楚不断堆积，仿佛带着热气渐渐在他体内沸腾，令他恨不得七窍生烟。

“那你也比我强——”

口罩男话音未落，松田便吼道：“你竟然说我幸福！”他的吼声回荡在夜晚的街道上，而人已朝口罩男扑了上去。

兜一下子愣住了。除了震惊，松田爆发的情绪更让他触动。他和松田整天看着妻子的脸色小心行事，彼此以同志相称，但松田心里的压力似乎与他不在同一个等级上。

松田跨坐在口罩男身上，疯狂地殴打着对方的头。

兜一边确认四周有没有人，一边悄悄上前。松田呜咽着，一拳拳挥个不停。兜轻轻拍了拍松田的肩膀，松田吓了一跳，双目圆睁，像是刚回过神来。

“你冷静一点！”兜慢慢拉起松田，“这时候最需要冷静。深呼吸。”

松田像个听话的孩子，开始调整呼吸。与此同时，兜朝仰躺在那里的口罩男走了过去。只见口罩男一动不动，兜扯掉他的口罩一看，他的嘴巴无力地张开，瞳孔也失去了光彩。兜觉得他应该已经断气了，但还是上前摸了摸他手腕的脉搏——感觉不到跳动，人果然已经死了。

恐怕是后脑勺着地的时候，恰好磕到了关键部位吧。

“三宅……”松田跌坐在地，呆若木鸡地说，“怎么会这样……”

兜着实有些苦恼——他早就见惯了死人，也习惯了夺人性命，却从没有主动与杀了人的家伙搭过话，更不曾想过要去安慰对方。思来想去，兜还是走到松田身边，说道：“这是他自找的。”

“啊？”

“说什么他才是最不幸的，别人都比他强，谁听了都会一肚子火的，没办法。”这并不是在替朋友开脱，而是兜的真实想法。

松田还是像丢了魂似的说不出话来。他看了看自己的手，又看了看倒在地上的口罩男，开始不停地喘粗气。

兜偶尔也会遇到身边的人发生类似情况。惊慌失措的他们不肯相信眼前的一切是真的，也根本不曾想到人生将会就此断送。事情发生得那么突然，没有预告，没有征兆，没有心理准备。为什么会这样？在他们的内心深处，总觉得一切都还有转机。交通事故中的肇事者和受害人也是同样。

“怎么办？”松田问蹲在一旁的兜，“事情怎么会变成这样？三宅，你说我会有事吗？”

“这件事不怪你。”兜说道，“那个男人连孕妇都不放过，本来就死不足惜。而且平白无故惹上这种事，确实也没有办法。刚才你骑到他身上的时候，他应该就已经死了。”

“可是，一切都完了。”

“完了？”

“出了这么大的事，我肯定脱不了干系，我女儿的人生也会受到很大影响，不知道最后会成什么样子。”松田紧盯着自己颤抖的双手。

“这里交给我，”兜说道，“你就直接回家吧。记住，你今天做的事并没有多坏。”

松田自然对兜的说法感到疑惑，但他已经来不及考虑了。兜在稍远处拦下了一辆出租车，半带强迫地将松田推了进去，最后说道：“喝酒就等下次吧。”

剩下的事，兜自有打算。他拿出手机，拨通了夜间急诊的专用电话。医生应该还没睡，但他等了一会儿才有人接听。

“我做了 DIY 的工作。”

“哪个工作？”

“DIY 委托的那个。他要的尸体我正好找到了一个，不过不知道合不合适。”

“你做手术了？”

“没有，大马路上捡的。”

医生没有笑，只是告诉兜他会马上派人过去，随即挂断了电话。

不到十分钟的工夫，一辆鸣着警笛的白色特种车到达了现场。

“老爸，你之前是不是说过认识松田的爸爸啊？”在客厅看电视的时候，克巳突然问道。

“嗯。”兜大概猜到了儿子要说的话。

“前阵子，她转学了。”

“是吗？”

从那天起，兜再也没有在攀岩场馆里碰到过松田。他本以为可能是二人的时间正好错开了，但场馆的工作人员告诉他，这段时间松田根本就没来过。

原因不难想象。松田或许还没有从那天晚上受到的打击中缓过神来，也可能是兜将尸体处理得滴水不漏，反而令他感到害怕。

“那个孩子马上也要高考了吧？真是辛苦啊。”

“嗯，据说她爸妈好像离婚了。”

“是吗？”

不知道和妻子离婚后，松田是否已经得到了想要的自由。也许他觉得再也无法牢牢抓住岩壁上的岩点了，所以才会选择放弃。希望他可以因此活得轻松一些。

妻子从二楼走了下来。不知道是不是最近流行整理房间，这段日子只要有空，妻子就会一个劲地收拾屋子。“我找到了这个。”她把一个旧箱子放到了桌上。打开盖子，里面是一张折起来的图画纸，展开后是一幅蜡笔画。“这是克巳幼儿园时画的吧？”

只见上面画着一个脑袋很大的小人，旁边歪歪扭扭地写着“爸爸，谢谢你为我们做的努力”。

兜不禁想告诉松田，他的孩子也写过这样的话呢。

“这个还是收起来吧。”面对妻子的提议，兜干脆得令他自己都有些吃惊："当然要收起来。"

兜静静地注视了一会儿手中的画，大脑一片空白，胸口仿佛被人撕开了一个口子，剧烈的疼痛让他恨不得将用蜡笔上色的图画纸塞满胸口。

"老爸，你怎么了？"克巳托着下巴，翻看着课本问道。

"没什么。"兜声音嘶哑，"他是我好不容易交到的朋友啊。"

兜不再像之前那样频繁地去攀岩场馆了，但每当抓住岩点，他总会有一两次祈祷可以和松田再次相见。

出口
EXIT

兜

朋友并不是越多越好。妻子说这句话的时候，克巳应该还没上小学。

可能有人会立刻条件反射般表示“说得对”，但兜知道，这样的回答只会让对方觉得这是不假思索的下意识反应，一点都不明智。

“是吗？为什么这么说？”正确的做法是先仔细聆听对方的意见，让对方感到其判断是公允的，然后再重重地点头说“确实是这样呢”。彼时的兜也正是这样做的。

“志趣相投的朋友，一辈子能有一个就够了。我认识的人里，有的是朋友找上门来借钱，最后闹得没办法收场的，有的是被朋友抢走了男朋友，还有的是遭到朋友忌妒而被使绊子的。”

听起来你朋友不少嘛，兜心想。不过他是不会说出口的。

兜明白妻子的意思。贪多没有意义，质量才是关键。自从工业革命让大批量生产成为可能之后，人们便经常将类似的话挂在嘴边。广交朋友，意味着要和周围人打成一片，不发生冲突。但对于平时几乎不怎么和外人交流的兜来说，他的工作不仅要与人发生冲突，更要取人性命，广交朋友简直是天方夜谭。

平时，作为一名在文具厂上班的员工，兜自然有和人打交道的经验。他的工作是销售，需要经常接触客户，部门内的聚餐也时常能见到他的身影。但这些归根结底只是表面上的东西，兜不过是在揣测亲近的同事之间应有的举动并加以模仿而已。

“你只和妻子感情好，真是不可思议。”医生前阵子突然对兜说道。平日里，医生对委托以外的事闭口不谈，而且就算是布置任务，他也会用问诊或说明病情的方式加以伪装，所以和兜之间几乎从未有过类似闲谈。

兜明白医生此言的目的。

自从兜想要金盆洗手以来，医生就在不停地重复“不能立刻退出”“以前投在你身上的本钱还没赚回来”，但其实在这些话的背后，还隐含着一层“否则”的言外之意——否则，你和你的家人就危险了。医生之所以会提到兜的妻子，也是为了让兜意识到失去家人的恐惧。那段时间兜一直对委托的工作有些犹豫，最近更是经常磨磨蹭蹭，医生自然是想借机警告他：你很看重家人吧？

“和她一起度过的日子，我很开心。”兜只是这样答道。虽然他说的是过去的时光，现在他依旧觉得很开心。要说有什么不同，那就是过去的他可能心情更放松一些。现在他每天都过得胆战心惊，光想着怎么才能不惹妻子生气，甚至已经想不起二人最初交往时他是多么轻松惬意。

“你要是和妻子这么合拍，不觉得也能和别人愉快相处吗？”

“觉得。”兜期待的不是与别的女人也关系要好，而是能享受人与人之间的交流。“不过，我有她就够了。”

“这样的夫妻情意真是让人感动啊。”

“但愿是吧。”其实是看着妻子的脸色谨慎度日。“医生，你有吗？”

“有什么？”

“小心呵护的东西，比如友情。”

医生一脸轻蔑，不置可否。

兜

“三宅，你接下来的工作不要紧吧？真是不好意思啊，耽误你的时间。”坐在兜对面的奈野村低头说道。现在关东地区也已经刮起了寒风，眼看冬天就要来临，奈野村却拿着手帕不停地擦着汗。他个子不高，身材微胖，小肚子看上去很柔软，长着一张国字脸。

奈野村是保安公司的员工。大约半年前，他被公司安排到百货商场执勤，兜到商场里的文具店推销产品时，偶尔会与他打个照面。近一个月来，他和兜的关系近了许多。

一切都要从一个在文具店里行窃的少年说起。

当时，兜刚在店铺后方的小仓库向负责人介绍完新产品，正在卖场漫无目的地闲逛，看见一个初中生模样的少年正拿着圆珠笔试写。兜一下子就看出那个少年是小偷。少年没有可疑的举动，看来是个惯犯，但心怀不轨的样子没有逃过兜的眼睛。

兜并不打算揭发这个少年。毕竟在兜还是个少年的时候，做过的事已经比偷东西出格多了，甚至越过了法律的底线。兜又有什么资格去批评别人呢？

这时，奈野村出现了。只见他穿着夹克外套，一身便装，慢慢地朝少年走了过去。突然，他踉跄了一下，像是被少年推了一把。少年趁机迅速离开了卖场，快步走出了文具店。

“你没事吧？”兜问奈野村。

“唉，我失败了。”

“如果想抓小偷，等他出了商店之后再拦住他不是更好吗？”不等结账就说对方是小偷，简直愚蠢至极。为什么不按照这种最基本的套路来呢？兜不禁感到疑惑。

“要是在店外，就真的是抓小偷了。”奈野村露出了善意的笑容。

“他就是小偷啊。”

“我是想看看能否让他收手。”

兜不知道奈野村要对少年说些什么，或许奈野村是想走到少年身边，对他说“现在还来得及，把东西放回去吧”之类的话，没想到被少年一把推开了。

“我是不是太天真了？”

“或许是吧，不过我觉得这也不是什么坏事。”兜由衷说道，“因为并不是只有严厉的批评才能教育好孩子。”

“刚才那孩子看起来和我家孩子年纪差不多。”奈野村失望地为自己的天真辩解着。

然而，这个意图行窃的少年最后还是被正在楼梯旁往自动售货机里补货的男子抓了个正着。也许是他逃得过于匆忙，踢翻了装有饮料的箱子后连声抱歉都没说。补货的男子见状大喊着追了上去。

从那一天起，兜和奈野村只要碰面，就会像共享着某个秘密的亲密伙伴一般互相打招呼。兜知道如何建立表面上的人际关系，也能表现出一副与人聊得火热的样子，他与奈野村最初便是这样交流的。渐渐地，他意识到自己竟有些喜欢和奈野村聊天了。

究其原因，除了二人都有独生子这一共同点之外，还因为奈野村总是愿意谈些天气、季节之类无关痛痒的话题，既不自夸，也不说别人坏话，让人感觉很舒服。

“奈野村，你真会替别人着想。”兜曾这样说道。

“替别人着想？真的吗？”

“还总是能挑些不得罪人的轻松话题。”

奈野村略显为难地笑了笑。“聊天嘛，其实聊什么都无所谓，打招呼，然后互相说几句才是最重要的。每个人信奉的宗教或者原则都不一样，就算是体育运动，也会有人当成宗教一样，聊天时如果稍不注意，气氛很可能就变僵了。从这点来看，还是聊天气比较安全。”

“聊天气确实比较安全，但也很快就没的说了啊。”兜说出了他平日里的感受，奈野村扑哧一声笑了出来，赞同道：“你说得没错。”

有一次，他们从天气聊到了季节，不知怎的又聊到了昆虫。“我在养大锹形虫。”奈野村羞涩地说。据说一开始是和儿子一起养的，但他竟渐渐入了迷，现在俨然一副饲养专家的样子。为了饲育出更大的锹形虫，他还在控制幼虫的生长温度上下足了功夫。虽然在杀手界中有“兜”之称的自己跑去询问锹形虫的近况令人感到有些微妙[①]，兜却越听越有意思，每次见面时问问锹形虫的饲养情况更是成了兜的一大乐趣。

这也许就是所谓的朋友吧，兜渐渐这样认为。他联想到了海伦·凯勒第一次认识“水”时的情景——老师在小凯勒的手心写下了“water”这个单词，并让她伸手感受清凉的水流，那一瞬间的感觉或许就像兜现在体会到的一样，但很快，兜又觉得他不配与小凯勒相提并论。

兜想起了以前在攀岩场馆认识的那个上班族。二人志趣相投，但就在友情开花结果前，那个人却突然不见了踪影。每当想起这件事，兜心中都会感到孤寂，像吹过了一阵寒风，不过，他已经

①日语中，“兜”和“独角仙”的发音相近。

连对方的名字都记不起来了。

总之，能遇到聊得来的朋友是一种运气，因此，兜会在奈野村说有事相商的时候毫不犹豫地答应下来。

准确地说，是兜先注意到了奈野村的精神有些萎靡。“你身体不舒服吗？”兜主动问道。

“我没事。”奈野村停顿了一下，又说道，“对了，三宅，我可以跟你商量件事吗？”于是，二人便在百货商场三层的咖啡店里找了张四人桌，面对面坐了下来。

“一会儿我要开始值夜班了。”奈野村说。

“真是辛苦啊。”兜随声附和道。

辛苦的具体内容其实无关紧要。世人皆苦，所以不管遇到何种情况，说一句安慰对方的话总是不会错的。这是兜在与妻子生活时学到的。在兜看来，自从夫妻二人开始一起生活，特别是在克巳出生以后，妻子心里的大部分怨气和不满其实都可以归结到“你根本不知道我有多辛苦”这一原因上来。

“不，值班倒是还好。”奈野村说着，又擦了擦汗。他想去拿盛着水的玻璃杯，却险些把杯子碰倒。点餐的时候也是，大概是吐字不清的缘故，服务员连着听错了两次。

仅凭这些就对一个人做出判断未免有些草率，但奈野村看上去确实不像是个机灵的人。

“晚上在这样的大楼里巡逻，应该很辛苦吧？而且也挺吓人的。”

“不，晚上的大楼其实有种特别的感觉，很有意思。”

“话虽如此……”

“就是觉得责任重大。要是遇上了什么麻烦，或者给商场造成了什么损失，心里会很过意不去，也关系到我们公司的信誉。”

“你真是认真啊。”这是兜的真心话。作为保安，心怀责任自是必然，但他甚至考虑到了愧对店主、影响公司信誉这一层面。

“我也就只有认真这一个优点了。”奈野村说，“像我这样的父亲，恐怕会让儿子很讨厌吧。”

“为什么？”

“我本来就不善交际，性格也一直都很沉闷，简单来说就是特别不起眼。身为这样一个父亲，我觉得很难得到孩子的尊重。”

“你别乱说。”兜加重了语气，探身说道。兜自然联想到了自己。“什么样的工作才叫出众？所谓性格沉闷，恰恰意味着能够静静地享受生活。”兜知道，那些自称性格开朗的人，往往无法享受到独处的人生乐趣。“倒不如说，能有一个认真生活的父亲，孩子应该引以为傲才对。”

奈野村感到有些困惑。“不，三宅，你过奖了。怎么突然这么说……”

“我真的这么觉得。”至少与自己做过的事相比，奈野村确实更值得骄傲。

“听你这么一说，我倒有点不好意思了。不过作为父亲来讲，总是希望孩子能够多少尊重自己一些的……”

"我明白你的意思。我们都不想让孩子失望。"

这也是兜一直盼望可以结交几个朋友的原因之一。老爸竟然一个朋友都没有！要是克巳知道了，恐怕会非常沮丧吧。一想到这里，兜就感到深深的愧疚。他知道朋友并不是越多越好，也知道人不一定非交朋友不可，但他还是对此颇为介意。

"嗯，所以我儿子说想看看我工作的样子。"

"工作的样子？那不是挺好的吗？你把保安的工作做得这么出色。"

"他说想看看我半夜在商场里巡逻的样子。"

"夜深人静的时候探访百货商场，想想也确实挺有意思的。他还在上初中吧？我家孩子已经读大学了，不过在我印象里，孩子上初中的那段时间是最难管的。"兜其实已经记不清了，但妻子经常说"比上初中的时候好多了""上初中的时候真是太费劲了"，兜也就自然而然地产生了相同的印象。"你就让孩子看看吧。"

"你说得对。"

"是公司不批准吗？"兜猜测这也许是奈野村烦恼不已的原因。

"怎么说呢，公司肯定不欢迎吧。和孩子一起，万一出了什么事就说不清了。不知道这算不算公私不分，但总归不好。就像新干线的驾驶员想让孩子看看自己工作的样子，就擅自把孩子带进驾驶室，肯定也不行啊。"

"但是在百货商场巡逻，基本不会涉及人命吧？"

"话是这么说，"奈野村面露难色，似乎还在纠结，"不过，从往常的经验来看，晚上巡逻确实就是我一个人四处看看，悄悄带上孩子应该没什么问题。那就等下次值夜班的时候吧。”

“我觉得可行。”抛开客观常识和职业道德，作为一个孩子的父亲，现在也只有“同意”这一个答案。

“可是，”奈野村还是一副垂头丧气的表情，脸上的棱角仿佛也被磨平了一般，“可是，还有一件事……”

兜

“老爸，你对老妈说什么了？”

兜正在客厅看书，克巳走了进来，悄声问道。兜立刻直起身，试探着问：“怎么了？出什么事了？”

“没什么，就是老妈好像心情不太好。”

“她现在在哪儿？”

“说着传阅板[1]什么的，就出去了。”

兜的大脑开始全速运转。他努力回忆最近几个小时里和妻子交谈的内容，还有在妻子面前的一言一行。他在脑中迅速召开了一场紧急会议，仔细研究着自己是不是出了什么问题。

是因为一早起来就太过悠闲了吗？但周末一贯如此啊。大概一个小时前，妻子问他“午饭想吃点什么”，他显然不会给出“随

① 日本社区用来通知各种事项的板子，在居民间传阅。

便”这种愚蠢的答案，而是列举了几样不太费劲的家常菜，想来应该不会有什么问题。难道是对妻子的问题回答得太含糊了？

“老爸，你想得太多了。”克巳笑着躺到了沙发上，“我就是问问，你要没什么印象就算了。”

曾经那么小的孩子，现在居然已经和沙发差不多长了，兜不禁有些感慨。“对了，这本书是你之前推荐给我的，我正在看。”兜扬了扬手里的文库本小说。

“哪本来着？”

“古山高丽雄[1]。”

“啊，我推荐的？考试题里倒是出过。”

克巳可能没有明确说“推荐”，只是提到“这本书描述了战争的残酷。内容看上去残酷无情，但小说本身带有一种超然脱俗的诙谐意味，反而更能凸显出其中的艰难与苦涩”。

对兜来说，他已将人生的大半时间都用在了不为人知的残酷工作中，残酷的事自然没什么稀奇，只是这个作者在小说中流露出的温情与豁达，还是令他觉得颇为新鲜。

“他给战俘取暖的那段，你读了吗？”克巳问道。

“嗯，是有这么一段。”

书中写道，战俘被剥得精光，冻得瑟瑟发抖，主人公见状一把抱住了战俘，想要给战俘暖暖身体。但这一举动激怒了上级，

①古山高丽雄（1920－2002），日本作家，曾获芥川奖，作品多以“二战”的从军体验和战后生活为题材。

好心办了坏事，反而使战俘遭受了更多的痛苦。“我本以为能为战俘取暖，结果却让他在被杀前受了更多的罪”——克巳没有特意记书中这些描写，但这些话还是在不知不觉间刻在了他的心里。

在兜看来，这本书并不属于战争类小说，而更像是一本贴近生活的寓言故事，且故事的寓意在现代社会同样适用。也许是因为兜一直从事攸关生死的工作，当他读到“人命这东西，只消愚蠢上级的一个眼神，便会瞬间消失”，脑海中不由得浮现出了为他介绍工作的医生。

“请描述朋友与熟人的不同。”这是兜正好在读的一部小说的开篇。

都说“亲密的熟人是朋友，不亲的朋友是熟人”，但作者对此并不认同，便决定去查字典。结论是“没有比朋友更暧昧的词语了”，亲密这个词本身也很难解释。

对于想要结交朋友的兜来说，这是多么合时宜的一本书啊。他简直想和故去的作者握一握手。

“克巳，你有朋友吗？”没来得及多想，兜便问道。

“嗯？什么意思？”克巳皱起了眉头。

“没有，我就是想到了自己的朋友。”

“原来老爸也有朋友啊？”

克巳可能只是随口一问，兜却觉得心中最柔软的部分像是被针扎了一下，一时间身体竟动弹不得。为什么要提这个？他不禁感到恐惧。

克巳丝毫没有注意到父亲内心的挣扎，仿佛要说服自己一般淡淡地说道："不过，成年人应该都是这样吧。"

"嗯，差不多吧。"大部分成年人是什么样，兜其实并不知晓。"说起来，我还想问你一件事。"这不是兜想转移话题，"克巳，你曾经被人欺负过，或者主动欺负过别人吗？"

克巳一下子僵住了。"嗯，倒也不是没有……"

兜稍稍调整了一下姿势，说道："是吗？什么时候的事？"

"你别那么紧张啊，"克巳苦笑道，"我可从来没有欺负过别人。"

"那就是你被欺负了？"

"嗯，算是吧。"

"这还有什么算不算的吗？"

"其实就是我被人盯上了，上初中的时候。"

"到底怎么回事？"面前的克巳一副平静淡然的样子，看来已经顺利度过了那段时期，兜却突然感到不安。

"我怎么知道？也许是别人看我不顺眼吧。"

"人在心怀憎恨的时候，确实不需要什么客观理由。"兜想到了曾接下的那些委托。委托人总是有各种各样的理由，但从客观角度看，那些理由未必合理。有的是反目成仇，也有的是误会一场。兜以前还听说有个委托人因为发现有人和他的死对头容貌相仿，一气之下便委托了杀手除掉此人。他可能是想对那个人说"要恨就恨你的脸吧"，不过，兜认为如果换作是自己，肯定恨的是委托人。"那你是怎么度过那段时期的？"

“我忘了。反正就那么过去了。反抗也好，巴结也罢，到头来也不会有什么好事。以前我老妈不是常说吗？把能做的事情都做了，要是不行就算了。”

“嗯，是啊。”

“所以能做的事情我都做了，要是不行，我再担心也无济于事。当时觉得时间过得很漫长，但现在想来不过就是一眨眼的工夫。”

“你还记得那些人的名字和长相吗？”兜问。只要儿子记得，兜打算立刻找到那些家伙，趁其不备，给他们点颜色看看。

“老爸，你的眼神挺吓人的。”

“要是将来你再碰到那些人……”

“要是再碰到，我该怎么办？”克巳说，“其实我也想过，要是再碰到他们，我是应该友善地对他们，还是应该给他们点颜色呢？”

“确实是个难题。”如果儿子不提，兜脑海里显然只有第二个选项，但儿子的回答听起来却似乎颇为纠结。

“肯尼迪总统曾经说过，原谅你的敌人，但是绝不要忘记他的名字。”

“原来如此。”

“他的意思应该是敌人可以原谅，但不能掉以轻心吧？”

“也许吧。还可能是来世再报。不过你懂的还真多啊，连肯尼迪说的话都知道。”

“我又不是亲耳听到的，说不定他根本没说过这句话呢。”

"你懂这么多，真厉害，不敢相信你是我亲生的。"

"老爸才厉害吧。"

儿子突然冒出的一句话，让兜一下子愣住了。昨天在公交车站发生的事已经让他非常意外，但刚刚儿子的话更令他吃惊。

说起让兜非常意外的那件事，发生在万千冈市郊外的一个公交车站。虽然那里属于东京，位置却更靠近邻县，有多处自然景观，幽静怡人。兜因为工作去了那里。

说是工作，但并不是推销文具，而是要完成医生介绍的一项法理和情理都难容的"任务"。

最初医生是劝兜继续做手术的。对此，兜的回答是已经不想再做了。

"这可是恶性的。"

"我说过很多遍了，恶性的我也不想再做了。"

医生的表情看不出任何变化。"你是觉得有负罪感吗？"

负罪感到底是一种什么样的感觉，兜其实并不明白。"也许吧。"他答道。

兜也曾反复思考究竟是哪里出了问题。杀手本就不是什么让人开心的工作，但他一直都认为拿到委托完成工作是理所当然的，为什么现在竟会觉得做这份工作很痛苦呢？

"生命宝贵。"兜试着说道。

"这是标语吗？"医生的眼神中明显带着一丝轻蔑，"没想到你还会对我这个医生感慨生命宝贵。”

“言行不一。”兜不假思索地脱口而出。生命宝贵，自是必然。很久以前兜就明白这个道理，但他和医生靠夺人性命为生是事实，对许多生活在遥远国度的孩子的生死漠不关心也是事实。看来，生命的价值是相对而言的。

“亲情还真是了不起啊。”医生说道。

“事到如今，我不觉得自己的所作所为能一笔勾销。”

“这是自然。”

“我唯一能做的，就是不要再继续了。”

“不要再继续什么？”

“做那些让孩子蒙羞的事。”

“切除恶性肿瘤，不算是坏事吧？”

“可我不想再做了。”

二人来回兜圈子。类似这样的回答、交涉、讨论已经不知道进行了多少次，但不管怎么谈，沟通的结果都显而易见。

“你是不可能这样说走就走的。”

培养你花了不少钱，如果你现在退出，有人就会赔本。赔了本自然不会开心，可能还会生你的气。如果你就这样不干了，恐怕不只是你，连你的家人都会受到牵连。所以，请你还是再接几份工作。这笔账不算清是不行的，你也可以理解成必须要收支平衡。

这样的解释是经过斟酌的，但医生的意思从未改变。

“如果不想做手术，那进行其他治疗吧。”

就这样，兜接到了这项“前往万千冈市的工厂取回指定物品”的委托。

看到医生已经让步，兜也不再强求，点头表示接受。

那是一家背靠大山的工厂，和“安全”二字完全沾不上边。兜绕到后面，只见窗框锈迹斑斑，稍一用力便断裂开来。他从这个狭窄的缝隙里挤过去着实费了一点时间，但还是轻轻松松地进入了厂房。厂房里只有一台传送带输送机孤零零地放在那里，长长的传送带两侧还各有一台手臂状的机器。真像牙医用的设备，兜想象着有个巨人在传送带另一端张开大嘴吐出东西的场景。

从事先拿到的平面图来看，里面还应该有一间办公室。兜大摇大摆地拉开了房门，没想到其中有陷阱。

拉开门的一瞬间，突然传来了一声异响。兜慌忙向后仰，几乎要倒在地上。只见有什么东西嗖地射了过来。兜定睛一看，竟是一支箭。

箭刺中了墙壁，嗡嗡作响。

看来是在开门时激活了安装在房间里的弓弩机关。自从入行，兜就一直被人说“行事老套”，但无论是沿用至今的九九乘法表，还是哭穷借钱的经典戏码，老套的做法如今也发挥着同样重要的作用。体育比赛中有些技巧会因为规则的变化而禁止使用，在杀手这行里则没有类似的说法。

兜小心翼翼地站起身，贴着墙走了进去。房门对面的桌子上安装着一架弓弩，兜伸手一摸，发现上面布满了灰尘。看来，这个机关不是最近设置的，而是很久之前就已经做好，一直等待着派上用场的一天。

房间的角落里还有一个上了锁的柜子。兜猛敲了几下，只见柜门开了，显然是坏了。兜取出了里面的盒子，看大小应该能放下高级腕表或戒指首饰之类的东西。兜将盒子扔进了随身带来的抽绳背包里。

虽被弓弩机关吓了一跳，不过只要能把盒子顺利带回，就算完成任务。一想到世间竟有如此轻松的工作，兜不禁非常感激。但转念一想，他听说过有人接的任务听起来十分简单，只要从东北新干线上带下来一个旅行箱即可，结果那人却迟迟无法下车，还死了好几个人，最终卷入了一场大麻烦。想到这里，兜不由得紧张起来。危险不知会在哪里伺机而动。

事实上，危险已经降临。

事情是在公交车站等车时发生的。兜走到车站时，有三个人在排队等车。也许是当地的情况如此，等车的都是老人，比起开车，他们或许更喜欢坐公交车出门。兜正心不在焉地想着，背后突然传来了一个年轻男子的声音："车还没来吧？我赶上了吗？"

"应该吧。"

"太好了，要是错过了就要再等一个小时了。"

"公交车一个小时一趟？"

"嗯，毕竟这儿是乡下。"

“那你看见我们在这里等车，不就应该知道车还没来吗？”兜不明白男子为什么要特意向他搭话。

“啊，也对。”男子说话突然随便起来，只见他一头棕色卷发，看起来既像个艺术家，又像个态度轻薄的搭讪老手，还像个搞乐队的。不过兜觉得应该都不是。

虽然男子打扮得像个轻狂的年轻人，浑身却依然散发出一种凌厉的气质。

他是冲着盒子来的吗？兜留意着肩上的背包。对方可能会在背后用类似剃刀的工具轻轻划开一道口子，拿走包里的东西。兜就曾这样做过。

还是说，对方想直接从背后展开攻击？

不管怎么说，兜都将注意力集中到了身后，所以当面前的老人一脚踢过来时，兜的反应稍有些迟钝，只得勉强抬起右臂抵挡。老人的腿撞上了兜勾起的右臂。兜踉跄几步，意识到身后的年轻男子也是老人的同伙。他随即转身离开等车的队伍，顺势滚到路上，又立刻站了起来。转眼间，刚刚还在公交车站排队的三个老人和那个年轻男子已经把他围了起来。

兜保持着警惕，一边向后退，一边寻找时机。

谁会最先发动攻击？

只见四人站成了一个半圆，一步步向兜逼近。他们的动作井然有序，看起来不像是临时凑在一起的，而是个训练有素的团队。

他们是在哪儿进行训练的呢？

兜平时在工作中几乎没有与人合作的机会，所以一下子就想到了这个问题。他天马行空地想象着四人趁着夜色在提前预约好的市民活动中心的体育馆里确认阵型和攻击顺序的场景，不禁觉得有这样的热情真是太好了。就在他胡思乱想的时候，四人已经一个接一个地扑了过来。

以为会从背后来一个回旋踢，没想到对方伸长右臂，一举袭来，紧接着另一人持刀挥向兜。四人不间断地朝兜发起攻击。

兜灵巧地躲闪，但在防守的同时又要准备接招，解决了这边还要应付那边，他只得一味防守。

不过，该说悲哀吗？人只要一直动，就会有喘不上气的时候，兜清楚地知道这一点。越是周密的集体行动，越容易因为呼吸上的些许偏差而打乱配合的节奏，就像推倒了多米诺骨牌一样，一发不可收拾。

之前站在兜身后的那个棕色头发的年轻男子最先露出了疲态。他原本想朝兜的头部踢过去，但腿已经抬不到那么高，一下子露出了破绽。

这就好比做年糕时捶打与翻揉的节奏被打乱，结局自然惨不忍睹。

接下来轮到兜了。只见他转动着身体，逐一攻击。兜的呼吸渐渐急促，动作也越来越迟缓，但他还是可以修正逐渐变慢的动作，总算将四人成功制伏。

趴在地上的四人呻吟着。车站周围依旧非常安静，丝毫没有公交车要来的迹象。一阵风卷起了枯黄的落叶，哗哗的声响更显得四周一片沉寂。

兜决定换个交通方式离开这里，刚要走，突然察觉到了什么，猛地转过身，看见其中一个老人躺在地上，右手来回动着。

兜慌忙上前抓住了老人的手。只见一个迷你玩具似的东西从他的手中滑落。

那是一把能握在掌心里的手枪。“瑞士迷你枪。”兜喃喃道。据说制造这种枪利用了瑞士钟表匠人的精湛技艺，大小和拇指差不多，曾一时成为话题，但兜还是第一次见到实物。也许手上这把已经经过了多次改良。

兜拿着枪把玩了一阵，仔细观察起来。这种大小应该可以藏在任何地方吧。如果是过去，兜肯定会毫不迟疑地夺去四人的性命。想杀他的人很可能会再次对他下手，特别是当对方主动出击时，更需要做好被人干掉的准备。

虽说要原谅你的敌人，但人通常不会这么做。

现在，兜低头看着躺在地上的四人，心里不再希望给他们致命一击，而是琢磨着其他事。兜不知道他们是被什么样的父母抚养长大的，但年幼时应该也都有着可爱的一面。再看看自己，兜不禁感到心情复杂。对于被双亲抛弃的兜来说，童年的记忆一片空白。

“老爸，你怎么好像很吃惊的样子？”

听到克巳的声音，兜才回过神来。“没什么，就是昨天上班时出了点意外。不过，你刚才的话倒是更吓人啊。”

“我刚才的话？什么话？”

“你不是说我厉害吗？”

“啊……”克巳看上去有些不好意思，挠了挠鼻尖，继续说道，“老爸本来就厉害啊，一直努力工作，赚钱养家。”

“没想到你小小年纪就这么懂事。”兜备感欣慰。

“而且你在家里还对老妈那么……嗯……温柔。”

“算是温柔吗？”

“就是很会看她的脸色。”克巳笑着说。

“这个嘛，其实每个人都希望家庭和睦，这大概是一种本能吧。要是周围有人成天板着脸，自己也会跟着不舒服，总觉得必须要做些什么来应对一下。”

“哪怕牺牲自己？”

“说牺牲有点夸张了。你看我是这样吗？”

“虽然算不上巴结吧，不过我总觉得你可以再强硬一些。”

“是吗？”兜强忍住笑容，摆出一副严肃的表情说道，“就算是朴实的表演，也会有观众捧场。”

“‘朴实的表演’是什么意思？”

“没什么。”

“老爸你确实很擅长那些需要老老实实、埋头苦干的事，这点我倒是挺意外的。”

“是吗？”

“嗯，我经常看见你在认真地玩填字游戏什么的。”

“我确实不讨厌那些。”填字游戏与比拼无关，只需要开动脑筋、专心填格即可。在兜看来，这是一种极为和平的消遣方式。“只要按照规则完成就好，可惜现实生活中很少有这么单纯的事。”

“嗯，是啊。”

“你知道？”

“不，我只是在外面打过工，不过也遇到过很多麻烦……”

“是吗？”

“本以为是在玩填字游戏，结果发现不仅要弄对每行每列的格子，还需要立体思维……”

“还有玩填字游戏的打工？”

“我就是打个比方嘛。我的意思是说，社会中的很多问题确实都很难回答。”

“是啊。很多时候你觉得是在玩填字游戏，其实碰到的是个魔方。”

见克巳笑了起来，兜问道：“有什么好笑的？”

“老妈就是这样吧，总是会在你意想不到的问题上生气。”

“什么问题？”见妻子突然走进了客厅，兜吓得差点叫出声来。

“数学问题。”克巳冷静地回答。

“哦。”妻子看起来没有生气，一副心情不错的样子。兜在心里长舒了口气，正想问妻子是不是遇上了什么好事，便听见她语气轻快地说道：“刚才我在买东西回来的路上看见了一家小餐馆，刚开张的。”

“真不错啊。”兜瞬间找到了回应妻子的最佳答案，“一起去吧！”

“是啊。”

“我就不去了，你们俩去吧。”

听了克巳的话，妻子高声说道：“这么难得，还是大家一起去吧。以后一家人吃饭的机会越来越少了。”

“太麻烦了，我懒得去。”克巳依然很坚定。

兜原本想让妻子尊重儿子的意愿，但他已经决定了向着哪边说话。只听他提议道：“还是去一次试试吧。”

妻子又说：“这次我请客，多值啊。去吧！你要是不去，就得和我一起去富士急游乐园。”

“怎么突然说到富士急了？”克巳一脸疑惑。

“我早就想体验一把惊险刺激的感觉了，但一直没人陪我去。”

“不是有老爸吗？”

“对呀，不是还有我吗？”虽然兜这么说没错，但他知道这不是妻子想要的答案。

“不去吃饭就去富士急，你选一个吧。”

“这不是骗子常用的伎俩吗？”克巳苦笑着说，“选项都给你定好了。”

兜

打烊后的百货商场比想象中更暗。整栋楼一片寂静，让人不禁觉得里面有一只巨兽正在沉睡，远远地似乎还能听到它的鼾声。只见兜从大楼一层的后门进去了。他必须要从保安室门前经过，但这次有了值班保安给他行方便，因此格外轻松。

由于工作的关系，兜早已适应了在黑暗中行动。不过到了百货商场，他就不知道哪里摆放着商品了。所以，他拿着手电筒一边照着四周，一边向前走去。

手电筒一晃，化妆品卖场里的镜子便被照得时明时暗，仿佛藏在其中的动物正眨着闪闪发亮的眼睛。

奈野村和他儿子应该已经上楼了。

兜按照奈野村事先告诉他的安排，朝楼梯走去。

据说保安巡逻时一般从最高层开始逐层往下，这种自上至下的方式让兜觉得很有意思。如果有可疑的人进入了商场，从下往上追便可以使其无路可退。不过，这样也有很大风险，如果对方自暴自弃或严防死守就不好办了。也许正是出于这样的考虑，保安才会采取从上到下的巡逻方式，以便将可疑的人赶出大楼。

与其抓住严惩，不如尽量不造成麻烦。

兜悄悄地沿着楼梯向上走，听到远处渐渐传来奈野村的声音。

看来四层已经到了，既然不能和他碰上，兜便看准时机，进了卖场。

“当天只有你一个保安吗？”几天前，兜在咖啡店里向奈野村询问了几个比较在意的细节。奈野村让儿子参观他工作的样子，兜表示支持，但还是觉得有很多问题必须要先弄清楚。

“不，我们是两个人一组。不过，和我一组的是一个退休后返聘的老大爷，我向他说明一下情况，他应该会睁一只眼闭一只眼的。”

“看来他很信任你。”

“要是这样就好了。”奈野村不好意思地笑了笑，语气中似乎还带有些许自嘲，“认真和可靠，是我仅有的武器了吧。”

“这不是很棒吗？”兜碰到过的各式武器和凶器中，结束战斗最终需要的还是“信赖”。

兜举起手电筒，照向了四层的卖场，只见奈野村父子正沿着过道向前走。兜第一次注意到百货商场竟是个藏身的好地方——可能是因为这层主要卖女装，不仅到处挂满了衣服，随处可见的塑料假人也能起到很大的作用。

兜仔细分辨着远处传来的脚步声，忽左忽右地向斜前方跑去。他离奈野村父子越来越近，奈野村的说话声也渐渐清晰起来。

“除了要确认有没有可疑的人，还必须仔细检查灭火器是否有异常、地上有没有垃圾等等。”

“哦。”孩子的回答明显心不在焉。装也装出点样子啊，兜不禁想。

走到楼层尽头可以右转。兜拿着手电筒四下照了照，灯光晃过天花板的瞬间，影子好像变成了一个静静逃跑的恶魔，在面前一闪而过。

这时，兜裤子后面的口袋里传来了手机短促的铃声。兜赶忙掏出来一看，是妻子发来的短信，问他几点回去。兜之前告诉她要和老客户一起吃饭。

估计会很晚，你先睡吧——兜如此回复。就算他不这么说，妻子困了也会直接去睡觉。不过，有时候妻子也会一直不睡，等他回去。每到这时，兜都感觉罪孽深重，仿佛妻子替他背负了一笔巨额债务。他想把手机调成静音，又怕错过急事，便只将音量稍稍调低后重新放回了口袋。

这时，他听到了奈野村儿子的声音。“爸爸，你等我一下，我想去厕所。”

“嗯，好。你知道厕所在哪儿吗？”

“就在两段楼梯之间。你在这儿等我一会儿。”话音刚落，孩子便沿着楼梯跑了下去。

“要手电吗？”

孩子像是没听到奈野村的话，逃也似的不见了踪影。

兜自然跟了过去。楼梯的拐角处就是厕所，但孩子没有停下脚步，而是继续向楼下跑去。

奈野村事先给兜看过商场整体的平面图，所以兜大概能猜到孩子要去的是大楼后面装卸货物的地方。只见孩子打开从过道通往后面的门，随即消失在了门后。兜跟在孩子后面，确认孩子的脚步声越来越远后，他打开门，追了进去。兜已经很擅长悄无声息地进行跟踪，但他还是打开套在手指上的小灯，沿着员工通道向前走去。

远处传来嘎吱的声响，听起来像是有人推开了一扇生锈的铁门。兜闪身躲到了堆在一旁的纸箱子旁边。

“慢死了，你要让我们等到什么时候啊？”一个年轻稚嫩的声音传来，“外面太冷了，我都要被冻死了。”

“你真是个窝囊废。”

“对不起。”听声音好像是奈野村的儿子。

他们没有注意到兜，直接朝卖场走了过去。趁他们从身边走过时，兜仔细看了一下，是奈野村的儿子和另外三个少年。他们体格略有不同，但看起来大致相仿。

走到一层卖场时，奈野村的儿子突然指了指周围，然后将食指抵在了嘴唇上。兜离得较远，听不清他们说了什么，但看来是奈野村的儿子想让其他三人保持安静，并告诉他们这里装有监控摄像头。刚才兜没看清，原来三个少年似乎还戴着防寒头套，一定就是为了防止被拍到。

奈野村的儿子不知说了什么，只见其中一个少年挥起右拳，摆出了一副要打人的样子，像是在警告他：你以为你在和谁说话？其他人哈哈笑了起来。

三个少年又摆了摆手，好像是在催奈野村的儿子“赶紧回去找爸爸”。奈野村的儿子看起来非常不安，朝着楼梯走了过去。

“真希望是我杞人忧天了。”奈野村说道。

遗憾的是，不好的预感往往都会成真，兜想。

“我觉得他应该是受了坏朋友的指使吧。”

几天前，兜和奈野村在百货商场的咖啡店里碰了一次面。起初，奈野村一副欲言又止的模样，但后来还是向兜吐露了实情。

坏朋友应该不算是朋友了吧。兜想起了古山高丽雄的话——亲密的熟人是朋友。

“突然提出想看我工作的样子，这不是很奇怪吗？而且还非要在半夜。这点人生经验我还是有的，要搞什么鬼我猜得出来。”

“你儿子……”

“他是个认真的好孩子，就是有些胆小，小学时被同学欺负过。”

“唉。”兜叹了口气。

“有些人会趁机利用胆小的人，他们到底在想什么，我大概知道。要是对自己言听计从的人有个在商场当保安的老爸……”

“在商场里还能做什么坏事？”

“可以半夜溜进去偷东西什么的。”奈野村的神情有些落寞，“很可能吧？他们让儿子把我引开，就可以趁机去做坏事了。所以我觉得儿子肯定会在我带他巡逻的时候找个借口溜走，然后去后门那边把那些坏朋友放进来。”

“你想得太多了。”但其实，奈野村并没有想得太多，他想的事正在兜眼前成为现实。

“游戏卖场，游戏卖场。在五层，五层。”三个少年沿着停运的扶梯噔噔地向楼上跑去。

兜思考片刻，追了上去。他们似乎打开了手机的手电筒功能，照着四周，直奔游戏卖场。

他们毫无防备地举着手机，看来已经提前叮嘱过奈野村的儿子，不准让奈野村来这一层。

巡逻完毕的楼层自然疏于防范，所以他才会在和父亲一起下到四层后，立刻将那些朋友带了进来。

一边是放下自尊也无力抵抗的怯懦，一边是自认安全而泰然处之的坦然。这并不罕见，可以说是构成这个社会的基础，但兜不喜欢，因为有失公平。

因此，当兜回过神时，已经走到了那三个正在四处挑选心仪软件的少年身边，高声问道：“好玩吗？”

兜违背了奈野村的意愿。

“我觉得他应该会把我带到那些朋友不在的地方，然后他们就可以偷东西了。所以，三宅，我希望你能替我确认他们的行动。”奈野村说道。

“确认？”

“如果可以，我希望你能拍几张照片做证据。”

“楼里没有监控吗？”

“有是有，但只有门口的好用，各楼层装的都是一些旧设备，拍不到清晰的画面。要是他们稍微遮一下脸，我们就没办法了。不管怎么说，我还是希望能近距离拍到一些视频和照片，或者录下声音。”

“然后呢？”

“如果有什么万一，我会将这些证据公之于众。”不知是因为觉得面对一群孩子时这样做很幼稚，还是因为已经想到了“如果有什么万一”这种相对更为现实的事可能会随时发生，只见奈野村苦笑着。

“你的意思是，没必要当场质问他们？”

“因为我不知道那些孩子会是什么反应，而且你也可能会遇到危险。再说，如果事情闹大就麻烦了，还是尽可能不要让他们发现吧。”

兜没想到这么快就违背了奈野村的意愿。

他自然也想按照奈野村拜托的那样“不要让他们发现”，但看到那三个少年把奈野村的儿子当成跟班一样呼来喝去，兜的忍耐终于到达了极限。对，就是那个。他突然想起之前看过的战争电影。士兵们将战俘的性命视如草芥，随心所欲地玩弄，看得兜气愤不已。不，不对。兜其实并不是那种有田园情趣的人，不会对战争的残酷与无情处处谴责，但一想到受伤的人如果是儿子克巳，愤慨之情便会立刻涌上他的心头。

三个少年被突然出现的兜吓了一跳。他们面面相觑，有节奏地发出短促的惊呼："哎？哎？哎？"

三人肯定会想到"糟了，是保安"，然后拔腿就跑。只靠表面气势逞凶的人，一遇到危险必会抛开一切逃命，不管过去怎样，将来如何，只在意眼前。对别人身上发生什么不加理会，只要感到自己也可能受伤，就会拼命逃跑。行事毫不瞻前顾后，只盼保住性命。等事情过去一段时间，他们还会想"那是谁害的"，将责任一股脑地推到替罪羊身上。

他们相信，折磨永远轮不到自己，更不需要自己承担责任。

兜比想逃跑的他们快了一步。

因为不知道三人中谁是老大，兜一把按住了离他最近的少年的肩膀。

"别动，否则后果自负。"在兜的警告下，一个少年立刻停住了脚步，另一个少年则头也不回地跑了，大概是觉得能顺利逃走就是胜利吧。

"你要干什么？"少年晃了晃身体，站得离兜更远了一些。

应该客气还是应该强硬？兜还没有想好，便只是答道："我在这儿巡逻。"

两个少年对视了一下，似乎怀疑兜是奈野村的父亲。

"你们是初中生？"兜先问道。

也许是从兜的话中感受到了些许温情，被兜按住肩膀的少年喊道："别闹了，我要疼死了！你可不能打人啊！"少年的语气略显强硬，看来他在求饶和嘴硬之间选择了后者。

“疼吗？”

“疼死了，你太过分了。”

如此拙劣的演技，就能让学校的老师方寸大乱？平时也能派上用场？兜不禁感到惊讶。他搭在少年肩膀上的手又加重了几分力道。

只听少年惨叫一声，蹲在了地上。

另一个少年戴着口罩，但能看出他的表情已经扭曲。

少年好像并不介意被人抓住了肩膀，一脸茫然地站了起来。“你跑五十米要用几秒？”兜问他，“要是能比我跑得快，你就赶紧逃吧。不过一定要拼尽全力，不然被我抓住可就糟了，我是不会放过你的。听好了，想从我手底下逃走，切记跑快一点，用我追不上的速度，跑出你的最好成绩来。”

看到少年动弹不得的样子，兜顿时愕然：他现在的所作所为，不正是在以悬殊的力量欺负弱小吗？

本想教训一下那些欺凌弱者的家伙，结果却变成了和他们同样的人。

当然，这样做是有理由的。不能欺负弱小，但对恃强凌弱者除外，这样就说得通了，也不算是狡辩。兜正想着，只见被他按住的少年露出了一副强忍痛苦的表情。少年的手腕比兜想象得细瘦得多，兜突然心生罪恶感。

就在兜愣神的工夫，两个少年已经逃跑了。兜刚才似乎不自觉地松开了手。

现在该怎么办?

已经让他们感受到了一定程度的恐惧和痛楚，要说惩罚，这样应该也算可以了。不过他们以后可能会找奈野村的儿子算账。刚才真该再警告他们几句，让他们以后老实一点。现在也不知道奈野村那边怎么样了。

兜竖起耳朵,仔细听着卖场里的声音。黑漆漆的四周一片寂静，看来他们应该已经不在五层了。兜刚沿着楼梯走到四层，就隐约听到了一阵脚步声。他回忆了一下楼层平面图，推测声音是从厕所传来的。

兜沿着四层一侧的狭窄通道向前走，厕所里的声音也渐渐清晰起来。“现在怎么办？”“那家伙到底是谁啊？”几个少年商量道。

躲在厕所很可能会被瓮中捉鳖，不过他们应该还没有意识到这一点吧。

兜愣住了，犹豫是该进去还是该在这里等他们出来。他还没得出结论，就听厕所里传来了一声哀号，接着是连连道歉的声音。

是他们太紧张了吗?

兜冲进厕所，里面一片昏暗。他立刻打开了厕所的灯。

几个少年出现在了兜眼前。一看到是兜，他们立刻大叫起来，僵硬地站在厕所最靠里的隔间外面，吓得脸色铁青，嘴巴都合不上了。他们都拿着手机，应该是想在黑暗中借着手机屏幕的光亮了解周围的情况。

兜走近他们本想躲藏的隔间，眼前的一幕却令他不寒而栗。

隔间里有人。只见一个男子倒在里面，身上的红色夹克似乎有些眼熟。兜立刻想到这是往自动售货机中补货的那个工作人员，兜经常在商场里碰到他。他左胸口上插着一把菜刀，显然已经死了。

对这几个少年来说，目前的局面真是前有豺狼，后有虎豹。如果前有死尸，后有杀手，还是死尸更为安全。那如果是前有死尸，后有妻管严呢？这个疑问掠过兜的脑海。

“我们什么都没干。”几个少年挤作一团，瑟瑟发抖。

多出来一具尸体的确让人在意，但兜还是决定先解决这几个少年的事。“你们几个给我听好了，不要得寸进尺。”兜温柔地说道。杀手之间的战斗中，不会刻意给对方什么忠告，所以兜这样也确实称得上“温柔”。“就算你们能在学校、在自己周围耍威风，那也只是在一个很小的世界里张扬跋扈，知道吗？每个人都活在一个很小的世界里，所以你们要学会谦虚，至少要对比自己弱小的人谦虚……”说到这里，兜突然感到这不符合他的品性，便没有再往下说。他觉得自己其实没有批评别人的资格，因为他现在就在吓唬这几个比他弱小的少年。“这个世界上没有什么是轻轻松松就能得到的。这种事不要再做了。”

几个少年不停地点着头。

“还有，今天的事绝对不要外传。”

这几个早已吓得魂飞魄散的少年当场表示了悔改，但很可能会好了伤疤忘了疼，到家后就忘得一干二净。兜管不了这么多，将注意力转到了隔间里的尸体上。

“赶紧给我出去。”兜将几个少年赶走。他们脚步虚浮，跌跌撞撞地走了。

身穿红色夹克的男子已经断了气，闭着眼瘫软地斜靠在马桶旁。兜小心地查看着尸体的情况，尽量注意不让手碰到任何东西。

男子的死亡时间应该不算太长。

这个商场里刚刚发生了什么？现在又正在发生着什么？

还是回去找奈野村吧，兜朝外面走去。快到厕所门口时，兜突然停下脚步，转身望向那个死在隔间里的男子。他也有父母、有童年，不曾想竟会以这种方式结束了一生。

兜默默哀悼，缓缓地眨了眨眼，关掉了厕所的灯。这时，他似乎看到了什么东西，连忙又把灯打开了。

他走回隔间，在尸体旁弯下腰。那里有一把枪。再仔细看，尸体的腰带外还系着一个枪套。这显然不是补货员该带的东西。

兜从厕所出来，走了几步才想起刚才忘了关灯。想到妻子经常责备他浪费电，兜吓出了一身冷汗，赶紧跑回厕所把灯关上了。

真折腾。

兜又一次走出了厕所，环视四周。他想整理一下思路，看看这里到底发生了什么，脑海中却浮现出几天前医生突然叫他去诊所见面时的事。

原来从那时起，事情就已经变得不简单了。不再是只有横行纵列的填字游戏了吗？

兜

“三宅！”兜身后传来了奈野村的声音。看到手电筒的亮光，兜才知道奈野村也在这层。“你在干什么呢？”

兜回头看了一眼奈野村，又将视线转回罐装果汁的自动售货机。“我看看里面有没有别人忘拿的零钱。”他耸了耸肩，“小钱也不能小看嘛。”说着，兜转过身举起了双手，看上去像是个被探照灯抓了个正着的越狱犯。“你儿子呢？”

“他已经回去了。”奈野村答道，“说是突然有急事，就先走了。”

“下次再继续看你工作？”兜边说边留意奈野村的反应，但手电筒照过来的光太刺眼了，他看不清。

我希望你能告诉我一件事——虽然现在需要厘清的头绪很多，兜还是希望能先弄清楚这一件。他正要开口，奈野村却抢先一步说：“我希望你能告诉我一件事。”

“请说。”兜似乎不打算放下双手。

“因为今天是这种状况，你才同意过来的吗？”

“这种状况是哪种状况？”

“正好可以把我干掉的状况。你是这么想的吗？”

奈野村左手拿着手电筒，右手高举过头，伸向耳后。转眼间，一把菜刀出现在他手中。

兜看见手电筒的光打在了旁边的楼层导视图上，上面写着“厨房用品·烹饪器具”。兜突然感到了一阵落寞，问道：“还没结账的东西，就可以拿来用了吗？”

奈野村长舒了口气，遗憾地说道：“果然是这么回事啊。”

“果然？”

“这种状况下还能如此冷静，三宅，你果然不是一般人啊。”

“我是文具厂的销售。”

“那是你表面的身份吧？”

“你不是也有双重身份吗？”

“不，我已经不干了。准确地说，我马上就可以不干了。”

“那这份保安的工作是……”

“为了辞职，我的最后一项任务是在这里当保安。我还不知道这样做的目的是什么，不过我猜用不了多久，他们应该就会下达指令了。”

“今天晚上的职场观摩，还有你儿子的事……”

“都是真的。”奈野村皱着眉，抱歉地说道，“我儿子被他那些坏朋友利用也是真的。”

兜开始怀疑刚才那个少年是不是奈野村的儿子，因为不管是少年还是老人，都有人可以为你安排。不过，奈野村的样子看上去不像是在说谎。兜耳边不停地回响着“坏朋友”三个字。朋友和熟人不同，坏朋友也和朋友不同吗？兜不禁陷入了深思。

“对了，我儿子的那些坏朋友呢？”

“这个我得向你道歉。”兜的手举得有些累了，“本来我想按照你说的，拍些照片或者视频当证据，但是被他们发现了。我没沉住气，警告了他们一下。”

“警告？”

“就是简单地斥责了几句。”兜耸了耸肩，“实在不好意思。”

“所以和我猜的一样，我儿子是受了那些坏朋友的指使才会想来百货商场的，是吗？”

看到奈野村沮丧的表情，兜感到难过。“不，他们应该是跟过来的。其实你儿子真的很想来看看你工作的样子，只不过让他那些坏朋友趁虚而入了。”

“三宅，你真是个温柔的人。”奈野村舒了口气。

“还是第一次有人这么说我。”这也是兜第一次体验被这样说的感觉。兜对奈野村说话一直都很客气，现在却开始夹带着一些平时说话的语气。他不知道应该用哪一种身份来面对奈野村。“我还在那边的厕所里发现了一个人。那是……”

奈野村轻轻叹了口气。“那是经常来这里往自动售货机里补货的工作人员。今天因为机器故障，他一直工作到了很晚。”

“结果怎么都修不好，他就一气之下用菜刀捅了自己一刀？”兜觉得手电筒的光似乎突然变亮了。是奈野村的表情放松下来的缘故吗？

“那个补货员应该与这件事无关。”

“与这件事无关？”

“我刚刚才接到指示，就在我带着儿子开始巡逻之前。他们告诉我一会儿会有人来要我的命，让我解决掉。”

“你说的是那个补货员吗？”

“不是。”奈野村的表情似乎没有什么变化。不，应该说他的神色越发冷峻起来，看不出任何情绪。“我说的是你。”

“啊？”

“来要我命的人，是你。”

就在前一天，兜收到了医生的通知。虽有些不太情愿，他还是如约来到了诊所“就诊”。医生拿来了一张“恶性手术”的“X光片”。看到上面显示的“肿瘤”即目标信息是奈野村时，兜目瞪口呆。

“这个人你认识吗？”医生问道。恐怕他已经看穿了一切。

“不……”

“他上班的地方也有你的客户。”

兜不想再装糊涂了。

看着兜沉默不语的样子，医生接着说道：“如果完成这项工作，你就可以退休了。”

“可以退休了？”兜下意识地反问道。“你必须继续工作”“你需要更多的钱”……这些话兜已经不知道听了多少遍，但是类似“如果完成这项工作，你就可以退休了”这种具体说法，他还是第一次听到。

“是的，只要你做完这个手术。”

“是那种……”兜能想到的可能性不多，“是那种特别恶性的吗？还是委托人是个有头有脸的大人物？”

医生没有回答。

面前的奈野村继续冷漠地说：“所以，我和儿子在楼里巡逻时看到有人影晃过，我以为是你要来杀我了，没想到不是。”

“是自动售货机的补货员吧？”

像是在替奈野村表示同意，只见他手中的手电筒的位置稍稍下移了。“很多商场晚上打烊时会罩上防盗用的网，不过我们这里没有这种习惯。而且，这边的塑料假人和商品都很多，特别适合在移动的时候藏身。”

“嗯，刚才我也感觉到了。”

“那个补货员就是这样鬼鬼祟祟地跟着我的。很明显，他就是冲着我来的。”

“会不会是……”兜想起医生对他说过的话。杀手界中两极分化的现象日趋严重，有名的杀手会接到更多的任务，知名度也越来越高，而没有名气的杀手只能一直默默无闻。纵然有一身本领，也必须要先引起他人的注目，做一两件夺人眼球的事便成了必然。“没有名气的杀手想要扬名，所以才铤而走险？不，不对。难道是一开始就接到了委托要来杀你？”

为了接近奈野村，那个杀手很有可能假扮成了自动售货机的补货员。看来，奈野村应该是个很厉害的角色，不然不会有这么多人想来要他的命，兜想。

“本来我觉得，要是当着儿子的面动起手来可就糟了，结果到了四层，他突然说要去厕所……”

“他不是真的要去厕所，而是去叫他那些坏朋友了。”

“是啊，真是去厕所的话，时间也太长了，不过这倒帮了我的大忙。”

听起来，奈野村应该就是在那个时候解决掉补货员的。

“就这么简单？”

“是啊，因为卖场里有菜刀。”当时，奈野村一把扯开包装，将菜刀朝对方扔了过去。只见深夜的商场里，一道寒光一闪而过，刀瞬间插进了补货员的胸口。

“两把刀是一套？”兜望着奈野村握在右手的菜刀问道。

奈野村没有回答兜，继续说道：“总之，我先把他的尸体藏进了厕所的隔间里，没想到被你发现了。”

“是那几个不良初中生进了厕所发现的。”

奈野村没有说话，只是目不转睛地盯着兜，右手中的菜刀一直举在半空没有放下。

兜没有恐慌，也没有疑惑，一切都在掌控之中。“也许说出来你也不会相信，但我真的没有打算对你动手。我确实接到了委托，可我从来没有想过要置你于死地。我今天是按照咱们一开始说好的，为了你儿子的事才来这里的。”

“我一直觉得我和你有些地方很像，不管是在家庭方面还是工作态度上。只是我没有想到，我们竟然连杀手的身份都一样。”

“确实很遗憾。”兜显得有些沮丧，重复道，“我真的没有打算杀你，你应该是能理解的。”兜的言外之意是让奈野村先放下菜刀。

奈野村并非等闲之辈，这一点已毋庸置疑。从之前医生说话的口气来看，兜大致推断出奈野村不只是普通的“恶性肿瘤”，今日的一番对峙令兜更加确信。虽然奈野村言行举止颇为谦虚客气，却始终留意着周遭的一切。只要有任何风吹草动，他一定会以电光火石般的速度做出反应。

“我也想这样理解，但我真的没有办法相信你。”

奈野村的话很有道理。为了任务能够顺利进行，职业杀手使出的招数层出不穷。特别是像今天这样，在对方持有武器而己方处于劣势的时候，编一两句谎话也是稀松平常。

生死之间，天壤之别。正反两面，天堂地狱。背叛朋友会蒙受道德上的谴责，但活下来才是最重要的。在杀手这个行当中，积累的经验越多，刀尖舔血的日子过得越久，就对此越有体会。

“我是不会对你动手的。”话虽如此，在这种局面下，很难令对方相信这是兜的肺腑之言。现在已经没有了冷静分析的余地，只能凭直觉做出判断。如果兜此时放下双手，做出寻找武器的动作，奈野村肯定会毫不犹豫地将利器一把甩出，而兜也会迅速向旁边躲闪。为了活下去，身体做出的反应会比大脑更快。在这一点上，兜也同样如此。

“三宅，你应该也明白吧？人的话是不能轻信的。”

“是啊。”兜只能附和。

眼下，兜和奈野村都只思考着同一个问题——如何从这里活着出去。

“为了儿子，”奈野村说，“我不能死在这里。”

我也一样——兜心里想着，却没有说出口。

紧急出口的指示牌亮着幽幽的绿光，不时发出微弱的嗡嗡声。

就算不知道对方是不是危险人物，如果心存疑虑，就应该先下手为强。这就是生存的秘诀，也可以说是常识。

只要奈野村出手，自己必死无疑。死倒是没关系，但一想到以后再也见不到妻子和克巳了，兜就感到非常难受。之前还答应了他们下次要一起出去吃饭，看来下次永远都不会到来了。

这时，兜突然意识到，至今为止，他也让无数人陷入过同样的痛苦中，他不禁萌生出深深的负罪感，身体也一下子变得沉重起来。想到自己的所作所为，兜觉得再没有比继续活下去更任性的想法了。

“奈野村，我能拿一下自动售货机里的零钱吗？”兜稍稍向后伸了伸手，“我刚才忘拿了。”

“不好意思，不行。”奈野村的一言一行都毫无破绽。

无论蚊子叮不叮人，都必须将其打死，不然等到被叮就晚了。

兜现在可以采取的行动极为有限，眼下也只能先想办法避开菜刀再说了。手电筒的光有些刺眼，但兜还是聚精会神地紧盯着对方的一举一动。

二人就像西部电影中那样对峙着，默默地感受着彼此的呼吸。

从补货员的尸体来看，凶器牢牢地插在了他的左胸。如果菜刀是从很远的地方甩出的，那可想而知奈野村的身手多么了得。

如果是兜，在动手前则会先用手电筒扰乱对方的视线。所以，要在晃动手电筒的瞬间，快速往旁边躲吗？奈野村会在什么时候动手？是现在吗？而“现在”正一点点地流逝。兜紧绷着神经，全神贯注，眼睛几乎不眨一下。因为可能下一秒菜刀就要刺向他的胸口，一切就全都结束了，他再也无法想起家人的模样，所有的一切都会被放逐到一片漆黑的虚无中。

这时，兜的手机响起了微弱的铃声。声音不大，但对于僵持中的兜和奈野村来说，显然出乎意料，奈野村稍稍有些分心了。

兜向右扑去。一把菜刀瞬间划过了他的左肩。没时间觉得疼不疼了，兜顺势滚到一边，菜刀应声落地，仿佛要剜下他一块肉来。

兜起身向奈野村冲去，脑子里一片空白。他压低重心，振臂挥拳，一心向对方持续发起猛攻。

奈野村见招拆招，步步后退。

二人无暇交谈。空气中似乎只能听到彼此的喘息声。

只见兜挥出右拳，却被奈野村夹在了身侧。奈野村想扭断兜的手臂，兜趁机转身抽出。他无视左肩的疼痛，出拳直击对方面门。奈野村连连后退，避开了兜的拳风。

兜定睛一看，手电筒不知何时滚落到了地上。一片黑暗中，手电筒的幽光大致勾勒出了周遭的模样。

奈野村眼神凌厉，瞳孔中映出兜的身影。二人的呼吸都有些粗重，但一想到奈野村的反应依旧灵活，兜不禁有些难过。

二人就像同时收到了攻守互换的信号一般，奈野村突然飞身向前，向兜展开攻击。兜后退躲闪。

兜已经无暇顾及四周是否有能用作武器的东西了。厨房用品专柜应该在这一层的另一边，也不知这算幸运还是不幸。如果奈野村有机会再拿到一把菜刀，胜负恐怕已成定数。

兜发起攻击，奈野村一边后退，一边化解兜的攻势。

二人像击剑选手一般，在商场的过道上来来回回，此进彼退。

兜能感受到血正从肩膀上汩汩流下，但没想到地上的血让他脚底打滑，差点就要摔倒。他伸手撑住地面，顺势转身，右脚一记回旋踢直奔对方面门。

兜的动作颇具迷惑性，打乱了奈野村的节奏，但奈野村立刻做出判断，闪身避开兜的攻击。

兜来不及收腿，一脚踢向了旁边的塑料假人。

只听咣当一声，二人同时向发出声响的地方望了过去。攻击暂停。

二人拼死搏斗，四处闪避，不知不觉间一路打到了学生专柜附近。这里是商场为新学期开学特别准备的柜台，不仅摆放着各式书包，还有许多儿童模样的塑料假人。兜踢中的就是其中一个。只见塑料假人俯身摔在地上，胳膊也掉了下来。

兜吃了一惊，紧盯着塑料假人，奈野村也跟着停下了攻击。

二人的呼吸声此起彼伏。

摔倒在地的塑料假人仿佛是一个活生生的孩子。

过了片刻，兜走上前去，轻轻地将塑料假人扶了起来。离近了看，这个假人一副外国孩子的模样。奈野村将假人的胳膊捡了回来。

兜将假人摆放回了原来的位置。胳膊已经装好，滚落在地上的书包也重新背在了假人的背上。

兜想起了克巳刚上小学时的情景。他目送着儿子那比书包还小的背影，心里既有不安，又祈祷他以后不要碰到任何可怕的事。收拾书包时，克巳担心会落下东西，妻子安慰他的话："妈妈帮你一起看看。就算忘了也不要紧，下次注意就行了。"这些画面都在他的脑海中一一浮现。

兜默默地放好了塑料假人后，二人再次相对而立。

"奈野村，我不想再打了。"

兜不认为奈野村听懂了他的意思。与兜一样，奈野村作为一个经验丰富的职业杀手，该出手时就出手的铁律早已深入骨髓。兜这样说并不是为了劝阻奈野村，而是希望趁他还说得出口的时候，说上几句心里话。

奈野村默不作声，也没有再次发起攻击。

时间一分一秒地过去。

过了半晌，奈野村说道："有人说你拼了命地想要杀我。"

"那是，"兜说，"一个错误的选项。"

"错误的选项？"

兜想起了前几天妻子对克巳说的话："不去吃饭就去富士急，你选一个吧。"

按照克巳的说法，骗子往往会让人觉得面前只有两条路可走，借助"这边和那边，你选哪个""如果那样不行，就只能这么办了"等话术，逼迫对方在给出的选项中二选一。

如此说来，世间确实有很多品性卑劣的男人，蛮横无理地对正在交往的女友提出必须二选一的荒唐要求，比如"如果想和我分手，我欠你的钱就要一笔勾销"，很多女人也因此陷入了困境。

原来医生也用了同样的伎俩，兜这才恍然大悟。

克巳曾看上去很遗憾地说："明明还有很多其他选项。"

的确如此。如果想辞职，就必须继续工作，直到赚回本钱为止。

"我还可以一个都不选。"兜想起了前些天读的一本小说中的句子，"人命这东西，只消愚蠢上级的一个眼神，便会瞬间消失。"

奈野村紧盯着兜的一举一动。兜重新举起了双手，强调他没有出手攻击的意思。他的左肩出血严重，不过血被衣服吸走了大半，没怎么滴到地上。

兜转身背对奈野村，缓缓向前迈了一步。

这只是一个静静的、小小的动作，兜却仿佛用上了至今积攒的全部勇气。

对方极有可能攻击毫无防备的背部。

菜刀会不会正朝着后背飞过来？

兜向外走去。一步一步，缓慢而坚定。他很想说些什么。你知道朋友和熟人有什么不同吗？你知道熟人怎么才能变成朋友吗？

过了良久，兜轻轻转过身，发现奈野村已不见了踪影。可能他也离开了吧。

“我还想再听你说说孩子的事。”奈野村的声音仿佛透过地板传了过来。一时间，兜竟分不清这是错觉，还是奈野村真的说过这句话。

扶梯已经停了，兜决定从那里走下楼。“奈野村，刚才自动售货机里的零钱，你别忘了拿！”兜想起这件事，大声喊道，“送给你了！”

兜走出百货商场，从口袋里掏出手机，确认刚才收到的短信。是妻子发来的：“克巳说想一个人住，我等你回来，咱们商量一下。”紧张感瞬间窜遍兜的全身，比刚才与奈野村搏斗时还要强烈。必须赶紧回信。兜按着手机，却感到指尖滑腻腻的，打字很是不便。他这才发现手上沾满了血迹，肩膀也传来一阵疼痛，手机随即掉在了地上。兜俯身捡起手机，伸手擦了擦上面的尘土，脑海中突然闪现出克巳小时候摔倒后爬起来拼命拍去身上灰尘时的场景。

不可能满身是血还跑去打车，兜考虑着接下来的行动。如果妻子还没睡，他肯定也不能以现在这副模样回去。

是说摔了一跤，还是说被酒驾的人撞了呢？兜思考着借口。这样说不定还能换来妻子的些许同情。

可以不用杀掉奈野村，这一点让兜感到很幸福。意志力可以斩断身上的枷锁，不是吗？

为了获得真正的自由，兜在一周后向医生表明了决心。“你给出的两个选项不过是骗人的伎俩，我一个都不会选。”他的话动摇了医生的心。

最后，兜从八层高的办公楼楼顶坠落身亡。

◆

兜离开后，奈野村回到百货商场收拾残局。他先找到了塑料假人所在的专柜，确认那里没有明显的损坏后，打电话请人处理掉了厕所里的尸体。他必须再确认一下楼层中是否还有其他损毁或弄脏的痕迹，并将商场监控摄像头拍下的视频中不宜外泄的部分一一删除。

奈野村拿着手电筒，边走边考虑着儿子的事。

兜已经教训了那群坏小子，儿子身处的环境或许会有所改善。但奈野村心里十分清楚，如果儿子自己不做出改变，这种事根本得不到解决。

奈野村很担心。不过，能有担心的事已经难能可贵了，毕竟他刚才险些没命。如果兜真的杀了他，他就再也没办法替儿子操心了。感恩生命，这四个字听起来很像是某座寺庙挂出来的标语，他却真真切切地理解了这句话。

奈野村正要朝楼梯走，突然感到背后传来一道气息。他瞬间想到是兜，却又立刻察觉不对。

奈野村转过头，看见站在身后的是年纪比他要大上两轮的夜班同事。此人头发花白，身材中等，无论是白天还是晚上都是一副懒洋洋的样子。然而，现在这个人目光凌厉，双眼在黑暗中炯炯发光。

看到那人手上的枪，奈野村终于意识到这个人也是冲着自己来的。

想因个人原因辞掉工作真难啊，奈野村不禁感到诧异。他突然想到了那个一直给他布置任务的中介医生。恐怕医生原本就打算让他碰上兜，然后打个两败俱伤吧。不管是希望双方难分胜负，还是希望一方大获全胜，医生的目的应该都是让他们兵戎相见。因为他和兜都放弃了比赛，医生便宣称二人打成平手，接下来给面前这个夜班同事下达指令来处理这件事。不就是这样吗？

“举起手来。”同事看上去很放松，声音沉稳。

奈野村向后退了一步。没有必要现在就听人摆布。他没有举起双手，只是一步步后退。

枪口稳稳地对准了奈野村的胸口。

一切就要这样结束了吗？现在只是在伤停补时吗？奈野村鼓励着濒临绝望的自己不要放弃希望。

“举起手来。”同事重复着刚才的话，朝奈野村走了过来。

“请等一下。你为什么要杀我？”

“你应该知道吧？”

“不，我真的不知道。”

“干掉你，我就能一举成名了。”

“什么意思？”

“我岁数也不小了，只能每天当当联络人什么的。干掉你，就可以证明我现在仍然很有实力。”

“请等一下。”奈野村恳切地说。

“不行。”

“请等一下，我只有一个请求。”

“什么？”

“我得把这台自动售货机里的零钱拿出来。”因为刚才后退了几步，自动售货机就在奈野村身后。

“零钱？”

“刚才买东西找的零钱。”

同事笑了起来。“都这个时候了，你还想着零钱。死了也就没地方花了。”

“可我还是放心不下。”

“好吧。只能拿零钱，不要乱碰。”同事说道。

奈野村表示感谢。他想，也许他和同事的不同就在于此吧。同事不得不从一线退下来，应该与年纪无关，而是因为粗心大意。就像刚才，兜也提出了同样的请求，奈野村就没有同意，因为做这一行，永远不能让对手掌握主动。

奈野村背靠着自动售货机，向后伸出了右手，朝找零口摸去。

他没有把握，但最后一线生机只会在这里。

手指碰到找零口里的东西时，奈野村并没有立刻意识到那是什么。他伸出指尖试探性地摸了几下，确认着东西的形状。

“里面有几块钱啊？”同事问道。

奈野村朝同事点了点头，说道：“你真是帮了我的大忙。”他伸出右手，同时扣动了扳机。

找零口里放着一把可以轻松藏在掌心的迷你手枪。这是奈野村第一次摸到实物，没想到里面有子弹。

短暂而尖锐的声音响起。

这是一把号称“拇指大小、威力惊人”的外国产迷你手枪。

同事直挺挺地向后仰了过去，额头上鲜红的弹孔赫然可见。

奈野村轻轻地舒了口气。三宅果然有能耐。优秀的杀手会提前做好各种准备。确定了刺杀地点后，要做的最基本的事就是事先将武器藏好，以备不时之需。光是靠藏好的手枪或刀具，也许就可以逆转形势。恐怕兜也正是出于这种考虑，才会将迷你手枪提前藏在了隐蔽的地方。

三宅，你真是帮了我的大忙。

下次再见时，必须要直接向他道谢，奈野村想。哪怕需要很长时间，只愿他们能回到从前那种关系，继续成为亲密的熟人。

晴日
FINE

克巳

当天有一场重要的考试，根本没有复习不说，居然还迟到了。本想尽可能在路上背几页书，翻来翻去每一页竟然全是白纸，又赶上道路施工，怎么走都到不了学校……正急得团团转时，克巳睁开了眼睛。一看表，已经过了早上八点，他赶忙从床上坐了起来。上班就要迟到了，今天还要开会。

“爸爸！”儿子大辉站在房门口喊道。“妈妈，爸爸起床了！”他边说边跑走了。克巳掀开被子，打开手机看了看今天的日期。

“我还以为今天是礼拜一。”克巳苦笑着走进了客厅。

“你这么喜欢上班吗？”妻子茉优揶揄道，“对了，我今天打算去理发店。”

“哦，是吗？”妻子平时一直陪着刚满三岁的儿子，很难有自己的时间。前一阵子她就说过头发长了，虽然不想烫染，至少还是要剪短一点。

克巳一边吃早饭，一边望着儿子。儿子正在电视机前目不转睛地盯着喜欢的动画节目。妻子抱着要洗的衣服，来来回回地在屋里忙个不停。接着她开始洗碗，不一会儿又打开了吸尘器。看着妻子仿佛有三头六臂的忙碌身影，再看看自己无所事事的样子，克巳不禁感到有些不安。他想到了父亲。那时，父亲一看到母亲忙于家务心情烦躁，就会立刻变得手足无措、坐立难安，然而这样奇怪的举动反倒会惹怒母亲。

“对了，克巳，刚才妈来电话了，问你年底要不要去给爸扫墓。”茉优说道。

克巳有些烦躁。明明现在还没有入冬，这么快就要开始考虑年底的事情了吗？他们每天又要上班又要带孩子，已经忙得焦头烂额了，那么远的事情说了也定不下来啊。不过，可能对于母亲来说，这是一件极为重要的事吧。

“你还是回个电话吧，妈好像没什么精神。”茉优说道。

不会吧？这些年，母亲已经可以不用心理医生辅导，过正常的生活了。也许是第一个孙子的出生起到了很大的帮助，现在她不用再定期服药，大家也都彻底放下心来。难道是一不注意又出了什么问题？自从父亲去世，母亲仿佛再也没了表情，每天要做的事只剩下呼吸。是心里又难受了吗？想到这里，克巳不禁害怕起来。

“出什么事了？让你担心成这样。”听到电话那头母亲若无其事的口吻，克巳放下心来的同时不免有些失望。他本打算提前下班，回去看看母亲。

“没什么，就是茉优觉得你好像没什么精神。”

“说我没什么精神？是啊，因为我丈夫十年前自杀了呢。”这句玩笑话，就连家里人都不知道应该如何回应。能开这样的玩笑，是不是说明母亲从过去的事情中走出来了呢？人们常说，时间是治愈伤痛的唯一良药。十年，算是一段相当漫长的岁月了，如果母亲每次想到父亲还是会痛苦不已，倒不如天天把他挂在嘴边，久而久之也就麻痹了。这也许是母亲最终想出的解决方法吧。

“年底还是像往常一样，回去过年。”

“大辉也一起回来吧？”

“还不知道呢。你那边没什么事吧？”克巳觉得他俨然成了儿子的附属品。

“啊，对了对了，”母亲换了一副声调，继续说道，“前些日子家里突然来了个年轻小伙子。”

“年轻小伙子？那不错啊。”

“他来的目的很奇怪。哦，前阵子我和茉优说话的时候，脑子里一直惦记着这件事，所以她可能才会觉得我没什么精神。说起来，茉优的心思真是敏锐。你要是小看她，当心在外面拈花惹草被她发现。”

“说得好像我确实在外面拈花惹草了似的。”

母亲半晌没有说话。克巳唤了一声，她的语气明显变得有些无力："你爸也是因为我怀疑他在外面拈花惹草，才会做出那种事吧。"

"什么意思？"克巳有些强硬地问道。

想快点听到新内容！虽然根本不是这样，我下班后还是在回位于埼玉县的公寓途中下了车，去了一趟父母家。

母亲一脸平静地开着玩笑："这么关心你爸在外面拈花惹草的事啊？你不会真的出轨了吧？"

我没有把母亲的话当真，也不打算反驳，只是问道："老爸那个时候真的有外遇？"望着放在客厅的佛龛，我不禁对着父亲的遗像默默问：老爸，真的吗？

"应该就是你爸出事的前一天吧，他们公司有个女同事给他发了短信，我不知道他们是什么关系，就责备了他两句。"

"女同事发的短信？你看到了？"

"嗯，我不小心看到的。"

"不小心？"

"嗯，不小心。"母亲说道，"那天晚上有人给你爸发短信。我觉得短信的提示音很吵，就把声音关掉了。不过想想还是有点介意，我就打开看了。"

我感到很意外。小学时我就发现父亲总是看着母亲的脸色生活，却从来没有察觉到母亲也会在意父亲的言行。"然后呢？"

“我问他是怎么回事。”

“审问？”

“那倒不至于。不过，他那天请带薪假该不会是……”

“因为你怀疑他出轨了？”

看到母亲闷闷不乐的样子，我有些焦虑。我只是想开个小玩笑，就像用顶端并不尖锐的小棍轻轻戳了一下，但母亲或许还是会感觉被人揭开了刚刚痊愈的伤疤。

父亲死后，母亲的情绪一直非常低落，甚至不得不去医院看病。现在想来，难道与这件事有关？是不是母亲觉得她给父亲造成了困扰而心生罪恶感？

“可是，老爸怎么会出轨呢？”

“别看你爸那副样子，听说他在外面很受欢迎。”

“就算很受欢迎……”对于看着父亲在家战战兢兢的样子长大的我来说，很难相信父亲会做出出轨这么冒险的事。不过爱情和性欲本就容易让人丧失理智与冷静，也正因如此，人类的历史上才会出现各式各样极富戏剧性的事吧。“然后呢，结果怎么样了？”

“你是问出轨的事吗？”母亲仿佛一下子老了许多。至少在我看来是这样。我意识到自己就像打开了潘多拉的魔盒，一直在问那些不该问的问题。“当时你爸说大概是发错人了。那个女同事本打算发给别人，结果阴差阳错地发给了他。”

“这个借口真牵强。”

“我当时也这么觉得。”

似乎在父亲死后，母亲才知道，那个听起来真牵强的借口其实是真的。母亲没有再细说，但后来父亲的手机上或许收到了“不好意思，发错了”之类的道歉短信。

“对了，那个到家里来的年轻小伙子是怎么回事？”

“我说过那个人年轻吗？”

“应该说了吧。那个人很奇怪吗？是不是来推销的？”

“他是突然到家里来的，还报出了你爸的名字，问他在不在家。”

“他是来找老爸的？”

“嗯。一开始我还以为他是你爸的私生子。”

“这个人看上去多大年纪？”

“二十岁左右吧。”

母亲从矮柜里拿出了一个装明信片的盒子。我发现那竟然是我上小学时在手工课上完成的作品，上面用小刀刻上了一些装饰。没想到这个盒子现在还能放在柜子里派上用场，虽然家里应该从来没有想过要用新的，但我还是很感动。母亲从盒子里拿出了一张小纸片，说道：“他倒是留下了名片。”

我接过来一看，上面写的头衔是体育馆的健身教练，名叫田边亮二。“他为什么会来找老爸呢？”

“我心里觉得难受，就把他轰走了。”

“你也没等他说点什么？”

“我哪儿有心情听啊。”

“那该怎么办？”

“说起来，你都这么大了。”

“啊？”

“你也已经当上爸爸了，时间过得真快啊。”

“老妈，咱俩说的根本不是一码事。”我有些不安，母亲好像越来越糊涂了。

“你越来越像你爸了。”

克巳

田边亮二体格强壮，头发蓬松，一副性格爽朗的大学生模样，看起来确实像体育馆的健身教练。“很高兴你能来见我。”

“没有，啊，算是吧。”我含糊地答道。妻子事先提醒过我，见面时要格外小心，因为对此人的情况一无所知，被拉进什么乱七八糟的组织也很有可能。“请问，你来我家到底有什么事？”

“突然造访，实在不好意思，害令堂吓了一跳。”

“令堂”这个说法让我不由得有些在意。“不，那倒没有。”

“其实我也说不清楚，就是想聊聊令尊的事。嗯……这件事说来话长，可以吗？”

我没有表示不愿意，但提出“希望能尽量讲得简短一些”。田边说“我知道了”，却还是滔滔不绝地讲了很久。故事从他默默无闻的小学时代开始，讲到了十多岁时开始锻炼身体，疯狂地迷上了手球，性格也逐渐变得开朗了起来。后来，他还作为体育特长生被保送进了大学。田边喋喋不休地讲述着他的过往，似乎比婚礼上的新人介绍环节还要冗长。他是想让我帮他写一本人物传记吗？我不禁想。

“我现在当上了教练，日子过得马马虎虎，也就只能算是马马虎虎吧。”看来，接下来他要对现在的不满和担忧开始长篇大论了。如果有遥控器，我真想立刻按下快进键。“然后，前些日子我去找了一位市里很有名的算命先生，想算算自己的人生怎样才能更上一层楼。”

“更上一层楼啊。”

“算命先生问我以前是不是有什么没有完成的事，说我有一件必须要做的事，却一直没做。”

虽然这么说有些对不起眼前这个两眼放光、喋喋不休的健身教练，但是很明显，这种说法不过是算命先生故弄玄虚的惯用伎俩。要是上班族去算命，一句“你已经疲于处理人际关系了”，想必九成能猜中。而“你也有容易感到孤独的一面”之类的说法，一般人也都会觉得言之有理。算命先生对田边说的那句话则更是含糊，将“有什么”“以前”“没有完成的事”这种抽象的词语以抽象的方式组合在一起，不管怎么解释都能讲出一定的道理，就像一个靠不住的国王。

“然后，我一下子想起了那件事。算命先生真是厉害，这事我都已经忘了十年了。”

“终于要说到和我们家有关的事了吧？”

我略带挖苦之意，田边好像并没有放在心上，只是点了点头，说：“是的。”他甚至还露出了淡淡的笑容，继续说道，“十年前，我还是个小学生，应该在上六年级。有一天，我没去上学。就像我刚才说的，那时我在学校里总是被人孤立，所以就跑到校外四处闲逛，打发时间。当时有几个比我大的孩子，应该是初中生，看着挺吓人的。他们把我围了起来，让我拿点零花钱出来。”

我不知道他到底想说什么，只得强忍住内心的烦躁，装作很有兴趣的样子点了点头。“他们是在恐吓你吧？”

“我当时害怕得要命，就在这时，有个男人走了过来，把那些人全都赶跑了。”

难道……我正想着，只听田边亮二说道：“那个男人就是令尊，克巳先生你的父亲。”

“我爸？”我很难想象父亲会碰巧出现在不良少年的恐吓现场，更不曾觉得他能做出那样的举动。他的确是一个有良知的上班族，但要说他有如此强烈的正义感，我也没有这种印象。不过，我记得他一直将公平与否看得很重，以前经常对我说“世间的事难以分辨对错，但凡事要尽可能公平”。

“临走的时候，他还从口袋里拿了糖给我，不小心把这个东西掉了出来。我捡起来正要还给他，他却已经不见了。”

田边从钱包里拿出来的，是一张小小的长方形卡片，看起来颇有年头，四个角都磨损了。

那是一张医院的就诊卡，上面写着父亲的名字。

“当时，我就把这个东西带回家了。”

就诊卡如果丢了，再补办一张就好，实在算不上贵重。

“那个时候我年纪还小，虽然一直想着要还给他，后来就……”田边露出了自责的表情。

“哦。”

“算命先生一说我才明白，我没能出人头地的原因就在这里。”

我已经将事情猜了个八九不离十。这个田边应该是直接受了算命先生那些模棱两可的建议，回家就开始翻箱倒柜地寻找“以前没有完成的事”。他大概是觉得万恶之源肯定就藏在家里的某个地方，一通乱找后，他翻出了这张就诊卡。

只要将这张未能交还的就诊卡在十年之后还给失主，人生就能在一瞬间发生翻天覆地的变化吗？田边应该知道人生并不会如此简单，但他的瞳孔中依然闪现出了清澈纯净的光芒。也许只有相信“人生意外地简单”的人，双眼中才会闪烁这样的光芒吧。

“所以你才会专程来到我家啊。”道谢终归不会出错，“实在是太感谢了。”

“不，这样我就踏实了。”像是撕掉了封印，田边仿佛要说：我以后就能过上玫瑰一般绚烂美好的生活了。

就这样，田边顺利完成了他的开运仪式。当我将手中的就诊卡翻到背面时，事情却发生了些许改变。“啊……”看到就诊卡上的预约日期，我不禁叫出声来，“这是第二天啊。”

“第二天？什么的第二天？”

“我爸离世的第二天，”我说道，“他就是在预约就诊的前一天自杀的。”

田边吃了一惊。“啊，令尊是自己……”

“是的，是他自己……”从楼顶上跳了下去。

“前些天听令堂说起令尊亡故，我还以为令尊是病逝的。”

“要是那样，我们也不会这么……”我没有再往下说。不管是因病离世还是自杀身亡，家人的心情想必都是一样的悲恸吧。

“咦？等一下。这么说，我遇到令尊那天，是他离世的日子？”

“是吗？”

“捡到这张就诊卡时，我也看到了上面的日期。我记得我当时还想，第二天他就要拿卡去看病，所以才觉得必须要立刻还给他。”

我直直地盯着田边。难道他就是父亲生前见到的最后一个人？

“真是难以置信。”田边说道。

“我们也是。”

“不，我不是这个意思，我是真的感到难以置信。”

比我们这些家人还难以置信？

“令尊当时说的话，我现在还记得。”

“我爸说的话？”

“是啊。他对我说，小时候可能也会遇到很多辛苦的事，不过要加油哦。”

后来，田边向父亲坦白了他没有朋友的事。

“我也没有朋友啊。”父亲笑着说道，“但是我现在每天都很幸福，日子过得很不错。”

“谁能想到这样的人居然会说走就走，而且还是……”

从楼顶跳了下去。

一瞬间，一直萦绕在我心头的迷雾仿佛一下子散开了。

母亲一直在为当初怀疑并责备父亲而后悔不已，她认为父亲的死很可能是受到了打击，因为父亲明明没出轨却被怀疑，她还不肯相信父亲的解释。我本来也对这个原因半信半疑，但仔细一想，又觉得父亲不会为了这点小事就走上绝路。

母亲还在气头上就敢一言不发，撒手人寰，也并不像是父亲会做的事。他不是一直都很怕母亲吗？就算他不在了，肯定也会继续窥视母亲的脸色。所以就算要自杀，他也应该先将事情解释清楚。

虽然逻辑上完全说不通，但我已经渐渐确信了自己的想法。

这十年来，我心里一直深埋着一个盒子，一个满是悲伤与悔恨的盒子。现在想来，盒子里的东西也许和我之前想的完全不同。

我向田边道了谢。

田边似乎还有话没说完，走也不是留也不是，最终还是离开了。

父亲到底为什么会死？

壱

“三宅先生，这条腰带您也要洗吗？”

不知道为什么，家附近的洗衣店突然多了起来，颇有群雄割据的洗衣大战之势。可能只有我和妻子才会这样形容洗衣店间的竞争，但其实各家店铺的位置离小区都差不多，所以住户究竟会选择哪家就不尽相同了。有没有积分卡、服务态度好不好、洗得干净不干净，都是需要考虑的因素。

我们家经常光顾的，是一家名为“小油菜花”的洗衣店。选择这家店只是因为店铺招牌上画的油菜花十分可爱，孩子经常伸手去指。而且店员的服务态度很好，衣服洗得干净，价格也令人满意。

“腰带？”

“您这件大衣的腰带是可以取下来的，需要另外处理，费用也要单算。”

“哦，是吗？”我没有多想，“那就拆下来洗了吧。”

“好的。”我最近才知道，面前这个和我说话的店员就是这家店的老板。他看上去将近五十岁，为人亲切，办事利落，很好说话。

我付好钱离开后，脑海中突然又闪现出了父亲的身影。我想起小时候跟着父亲一起去过洗衣店，而且当时也遇到了差不多的情况。

那时，父亲把母亲的大衣送到洗衣店，店员告诉父亲腰带需要另外收费，问是否还需要清洗。父亲和我一样，要求拆下来单洗，但他又立刻苦恼了起来。可能是不知道如果要多花钱是不是就不应该洗了，他怕过后母亲会说他“腰带另外收费你为什么还要洗”。但是如果只是腰带不洗，他又觉得母亲肯定会埋怨他“怎么可能光留着脏腰带不洗，是不是觉得我的衣服就无所谓了”。虽然我当时还是个小学生，但也发现父亲总是过分在意母亲的心情，我便建议父亲给母亲打个电话问问。不知道是电话没打通，还是父亲说怕母亲嫌他这点小事都要打电话请示，总之事情最终也没有解决，还是父亲从钱包里掏出钱来，付了清洗腰带的费用，这件事才算告一段落。“这也很简单嘛，克巳。”父亲心满意足地说道，“你注意看你妈妈的反应，要是她觉得腰带的钱应该省下来，就别告诉她是要另外收费的。”

我觉得母亲应该不会太在意洗一条腰带这样的小事，父亲却总是一副小心翼翼的样子，真是奇怪。

“你爸可能是不知道如何与人相处的小孩子吧。”妻子曾经说道。我结婚的时候，父亲已经不在了。妻子只能通过我说的那些关于父亲的过往趣事对他了解一二，但她似乎很理解父亲的心情。“因为我小时候也没什么朋友。在有了对自己很重要的人之后，就会担心做错一点小事也可能会让对方离开自己。”

“不，我觉得我老爸应该没有这夸张。”父亲只是一个对老婆言听计从的妻管严罢了。

小时候，我觉得如果将来结了婚有了孩子，应该就能理解父亲的心情了。现在，我真的结婚生子了，有时确实能理解父亲的感受，但更多的还是对父亲惧内到那种程度感到惊讶。

父亲会不会不是自杀?

我想来想去，还是没有将田边的话全部告诉母亲。一方面，我觉得不应该再旧事重提，更关键的是，现在下结论还为时过早。不过，如果母亲问起我和田边的聊天内容，和盘托出恐怕也只会让她更加担心，所以我只对母亲说了父亲曾在危急关头救了田边一事。母亲听后吃了一惊，眼眶也不由得有些湿润了。

时间一天天过去，我对父亲的死越发怀疑。

父亲应该不是自杀的。十年来，我一直坚信这一点。可是，父亲自杀身亡的事实就在眼前，我只能否定自己的想法。

父亲离世也令我很难接受，我不停责备自己，明明和父亲生活在一起，却没能早点觉察到他有自杀的念头，也没能阻止他。父亲在自杀前看不出有任何异常，这可能说明他想一直保持死前的生活状态。开心地和我共度父子时光的时候，聊一些没营养的话题的时候，父亲的心里都很痛苦吗?这样一想，我甚至不知道自己到底该相信什么，因此感到烦闷。我没有像母亲那样去接受心理治疗，或许是因为那段时间遇到了茉优。如果不是她的出现，我可能会和母亲一起去医院看病了。

难道父亲不是自杀？那他为什么会死？

我没有任何线索，非要说的话，就只有田边十年之后才还回来的那张就诊卡。

我在网上查了查，发现那家诊所还在。要是贸然打电话问对方“知不知道十年前去看过病的三宅”，恐怕对方会非常诧异。

我不知该如何是好，但还是来到了诊所门外。拜访完客户，我正好路过这里，更为准确地说，是为此特意安排了路线。这家诊所租用了大楼三层一角的位置，牌子上写的诊所名称和就诊卡上的一致，所长也没有换人。这里可以看内科和循环系统疾病，但父亲来这里到底是因为得了什么病呢？

不，更大的问题应该是父亲为什么会来这家诊所。家附近就有经常就诊的医院。一开始我以为从父亲上班的地方过来会比较方便，但其实离得很远……难道这里可以做一些特殊的检查？不过从表面看，这家诊所极为普通，就像社区医院。

父亲为什么会来这里？难道是因为工作的关系？父亲以前在文具厂做销售，诊所应该也会用到某些文具吧？父亲会不会就是负责这项业务的呢，所以他会到这家诊所来看些小毛病？

“您有什么事吗？”

我闻声抬起头，只见一个身穿白大褂的女医护人员出现在我面前。她的白大褂略带些粉色，年纪看上去与母亲相仿，身姿挺拔，好像刚从外面办完事回来。

“啊，没有。”不清不楚地蒙混过关是无法让事情取得任何进展的。“其实，十年前我爸曾在这里看过病。”

我以为她会觉得我很可疑，但与预期相反，她只是不慌不忙地说道：“哦，不知道您说的是哪一位？”

这倒令我困惑起来。“毕竟都过去十年了……”

“十年前我也在这里。”她说话干脆，听起来甚至有些冷漠，“而且我记性不错。”

我不由得想到了一个词——机器人护士。

我不知怎么就把就诊卡递了过去，只见她看着卡上的名字说道：“哦，是三宅先生啊，真叫人怀念。”虽然从她的表情里看不出任何怀念之情，但她似乎没有撒谎，其实也没有必要撒谎。

“我想知道一些关于我爸的事。”

“想知道？您以前不知道吗？”

“我最近才找到这张就诊卡，而且预约日期……”

“写在卡上呢。现在的卡要厚实多了。”

“那个日期，是我爸离世的第二天。”

她看着我，没有说话。

我觉得自己好像被人拍了一张 X 光片。“我爸是自杀的。”这个话题有些沉重，但她看起来却似乎对一切都无动于衷。“所以我想知道他当时得了什么病。”

“他是因为生病才自杀的吗？”

“我连这个都一无所知。”

她看了看就诊卡，又看了看我，最后说道：“您能稍等一会儿吗？”说完，她便走进了诊所。如果问孩子能不能老实待会儿，其实就是让孩子必须老实待着。同理，问我能不能稍等一会儿，我也就只能等着了。

“你是说三宅先生吗？毕竟已经过去十年了，我可能记不太清楚了，不过还是有些印象的。”

坐在我对面的医生看上去既像是五十岁，又像是七十岁，短发花白，脸部皮肤紧致，皱纹仿佛不是衰老的痕迹，而是特意用刻刀雕刻上去的。他目光锐利，身形挺拔，唯一能称得上温和的是他说话的语气。和刚才那个与我交谈的女医护人员一样，这个医生说话时也带着一种很机械的感觉。

我心里有些不安。现在是就诊时间，他们让我进入诊室见了医生，这样会不会耽误其他患者看病？就算现在没有患者，是不是也可能触犯了什么法律？想到这里，我不禁缩了缩肩膀。

“现在是休息时间。”医生注视着我，仿佛看穿了我的心思。他的视线就像 B 超检查时用的探头一般。

“你们父子俩长得真像。看到你，我就想起了你父亲。”

“我爸是来这里看病的吗？还是因为工作？”

医生一言不发地望着我，好像要宣告父亲病危。我一阵紧张，只听医生简短地问道：“工作？”

“他之前一直在文具厂做销售……”

“哦，那个啊。”

“那个？啊，是啊，他是做销售的。”我望向医生的桌子，想看看上面有没有父亲所在的公司生产的文具。

“你父亲是来看病的。”

“他得了什么病？”

“本来我是不能告诉你的，不过也不是什么重病，就是要开一些胃药和止疼药。”

我一直不相信父亲会因为身患重病而选择自杀，现在看来，也的确不是这个原因。“可是，这里离我爸上班的地方不近，到我家也有段距离，他来这里看病，我觉得有些奇怪……”

“为什么现在来问这个？”医生冷冰冰地问道。

我感觉他好像在质问我为什么放任父亲的病情发展到如此恶劣的地步。“我偶然间找到了这里的就诊卡，他离世的第二天，正好是预约就诊的日子，所以我有点在意。”

所以我到底想说什么？总不能说是想来看看这个值得纪念的地方吧？

医生看着我。我以为他会像询问病情一样，问我还有没有其他在意的地方，结果医生却用一句“谢谢你，我还是第一次遇到这种情况，感觉很新鲜”直接结束了话题。他看上去像一个沉着冷静的学者，却丝毫没有学者必不可少的好奇心。

我从椅子上站起身，打算离开诊室。

“哦，对了，”医生叫住了我，“你听你父亲提起过吗？”

“提起什么？”父亲一直陪伴着我的成长，他告诉过我很多事。

说得最多的，是他对母亲的抱怨——或许称为示弱更合适，但我知道医生想问的不是这些。

“应该是十年前吧，他跟我说有个东西想留给你。”

“有个东西想留给我？”

“你不知道的话就算了。”

我从诊室出来时，候诊室里一个人也没有。整个诊所显得有些昏暗，也许是关掉了几盏灯的缘故。我不禁怀疑现在这家诊所是不是真的还在正常营业。

我正在犹豫需不需要结了账再走，发现坐在窗口的女人一直低着头。我小声地道了谢，迅速离开了诊所。

当意识到医生连父亲离世的原因是病逝还是意外都没有问的时候，我已经上了下行的电梯。难道我告诉过他吗？

“怎么这么突然？”

“一点也不突然，都已经过去十年了。”我虽然这样回答，但我知道母亲想说的是，既然都放了十年了，为什么要突然这么做？

为了检查父亲的房间，我在周末回到了父母家。我想弄清楚父亲十年前究竟在想些什么、他对死亡是怎么看的，以及能否找到他离世的相关线索。

我含糊地告诉母亲："前阵子我和田边聊过后，就想着要收拾一下老爸的房间。"

据说，母亲这十年来从未想过要踏进去一步。说是父亲的房间，但也没有那么高级，只是将储藏间简单地改造了一下。

啊，真怀念！

那时我还在上初中吧，父亲突然提出"希望能有一间自己的房间"。他情绪高昂地宣布"从这栋房子建成的年限来看，现在重新装修一下也未尝不可"，事实却是百姓的呼声往往难以上达天听，就算上达了，也只会采取折中方案。"花钱装修不如把钱用在孩子的教育上，你想要房间的话，把储藏间稍微改造一下不就行了吗？"听了母亲的想法，父亲马上拍手称赞道："这么好的主意，我怎么就没有想到呢！"

每当看到父亲这样，我脑海里都会浮现出"墙头草"这个词。不过严格地来讲，又有些不同。"墙头草"的立场并不固定，而且永远都会倾向占据优势的一方。但是，就算母亲处于绝对的劣势，父亲恐怕也会对她言听计从。

比如，以前在看棒球比赛的电视直播时，只要母亲不服裁判的"坏球"判决，认为"裁判黑哨，球明明进了好球区"，父亲就会立刻附和着表示"太过分了，这球怎么看都是好球，裁判就是没长眼睛"。但要是母亲改口说"啊，应该是好球吧"，父亲便会自然地改变意见说"确实很悬啊，擦着好球区的边过去了"。类似这样的场景，我不知看到过多少次。

对于我想整理父亲房间的做法，母亲可能也觉得应该要做些什么了。她没有像几年前那样对“整理房间”做出太多情绪上的抵触，而是将垃圾袋递给了我，说：“不要的东西就扔到这里吧。”

房间收拾起来并不麻烦。不过是一个稍大的储藏间，不需要费太多时间整理。我打开橱柜，将里面的东西按照去留分开放好。

每拿出一件东西，我都会回想起与父亲度过的那段时光，心中不由得涌起阵阵酸楚。这件物品收拾好了，下一件物品又会激起我对父亲的无尽回忆，就这样循环反复，我渐渐无法继续整理下去……其实，这种事并没有发生，我只是平静地整理着父亲的遗物。这些遗物中本就没什么能触动心弦的物件，大多是一些索然无趣的东西，比如从公司拿回来的吸铁石、燕尾夹和文件资料等等。

就在觉得这与收拾一个普通的储藏间没什么区别时，我发现了一个纸袋。纸袋的前面还放着一个很重的纸箱，看起来像是被人特意藏在了那里。我费力地搬开箱子，将纸袋取了出来。打开袋子，首先映入眼帘的是一张图画纸。我正纳闷，却发现上面用蜡笔画着一个小人，旁边歪歪扭扭地写着“爸爸，谢谢你为我们做的努力”。这是我小时候的作品吗？我已经不记得了，但应该没错。父亲竟然还保留着这些东西……

纸袋里还有三个大笔记本，封皮上用数字潦草地标明了册数。

我翻开本子，发现里面满是父亲的笔迹，像准备高考或上大学时认真整理的课堂笔记。这是父亲年轻时读书留下的东西吗？

我仔细看了看，立刻发现并非如此。

> 问“为什么生气”，答“没有生气”，这时基本上就是在生气。

这是一本类似格言的笔记，却比格言更具有实践性，凝聚着生活的点滴智慧，更像是一本行动指南。父亲曾在文具厂工作，上面汇总的大概就是他处理客户投诉时的各种应对方法吧。当我读到“回应对方时语气必须夸张，如果事态不是非常严重，对方也不会因为这种夸张的语气而生气”“不管对方做的饭菜味道如何，绝对不能只吃一口就放下筷子”，我终于明白，这是一本针对特定对象的相处法则。这个特定对象，便是我母亲。本子上写的都是在与母亲相处时父亲应该注意的技巧和窍门，甚至还配有流程图，详细地记录着他的不同举动会让母亲的态度发生何种变化。

我自然知道父亲一向都会看母亲的脸色行事，但从来没想过他竟然会如此认真地钻研。这算不算钻研先姑且不论。

他可真行啊！一边小心观察着母亲的脸色，一边收拾碗筷的父亲；深夜回家时把起夜去厕所的我错认成了母亲，赶紧立正站好开始道歉的父亲；大口嚼着母亲做的饭菜，不停地说“好吃好吃”的父亲……往昔的场景在我脑海中一一闪现。

我当时想，父亲其实可以不用这么卖力，现在我也同样这么想。我重新展开刚才那幅画，“爸爸，谢谢你为我们做的努力”

又一次映入眼帘。

过了许久，我才意识到自己哭了。明明是惹人发笑的事，我不知道自己为什么还会流下眼泪，真是奇怪。我已经下定决心不要哭，但眼泪还是止不住地流。

泪水让我的视线模糊起来，不过这并不影响我继续翻阅父亲的笔记本。看到有趣的地方，我会不时笑出声来。我心里只有一个想法，就是想再见父亲一面。

有时，我会觉得自己已经有段日子没有见过父亲了。看来，我才是那个一直不愿意相信父亲已经离世的人吧。

我想看看袋子里还有没有其他东西，便又翻了翻，找到了一张传单，上面写着“儿童乐园盛大开业”。父亲是想找个时间去吗？

最后在袋子里找到的，还有一个小小的信封。该不会是离婚协议书吧？我打开信封朝里看，只见一把钥匙滑落了出来。

“老爸以前租过什么仓库吗？”我收拾好屋子，拎着垃圾袋走到一楼问母亲。

“仓库？”母亲皱了皱眉。

我本想直接告诉母亲找到了一把钥匙，但又担心她会胡思乱想，认为父亲真的出轨了，钥匙是金屋藏娇用的。

“其实也没什么，就是房间里的东西太少了，我以前见过的奖杯也没找到，所以就想着他是不是收到哪儿去了。”要信口开河确实不易。从显眼又珍贵的东西联想，我编了个“奖杯”出来，这东西我自然从没见过。

“什么奖杯？”

“谁知道呢。”也许是妻管严大奖赛吧。“不过老爸应该没再买过房子或仓库吧？”

“咱家哪有那么多钱。”母亲仿佛正望着空气中飞舞的尘埃，只听她继续说道，“说到这个，你还记得吧？”

“记得什么？”

“你不是提到过吗？”

“我？”没想到矛头会指到我身上。

“是啊，你说想一个人住。”

“啊……”我有印象。读了大学以后，每次坐电车去学校都很麻烦，经常半夜才能到家。那段时间我确实想过出去租房子，也将这个想法告诉了父母。就在我攒够了打工赚来的房租，打算正式开始找房的时候，父亲却突然撒手人寰，我也打消了离家的念头。

“你爸当时可是非常认真地考虑过呢。”

“非常认真地考虑什么？”

“给你找个好房子啊。”

“他又不是搞房地产的。”我突然意识到，我好像对父亲说过这样的话。

兜

见克巳一脸困意地从二楼走下来，我问道：“克巳，你要是想一个人出去住，住哪儿比较方便？”

“啊？”

“你昨天又很晚才睡吧？我记得你之前说过，从学校赶回来很麻烦。咱家离你们学校确实太远了，你也没办法和朋友玩到很晚。”

“不过聚会无聊的时候，倒是可以用末班车当借口赶紧回来。”

“我还是去给你找个好房子吧。”

“房子？”

“嗯，公寓什么的。”

“老爸，你什么时候开始搞房地产了？”

克巳似乎将我的话当成了毫无根据的玩笑，并没有放在心上。不过，我多少是认真的。虽然儿子搬出去住会让我觉得有些寂寞，但还是住在同一个城市，要见面并不难。儿子要是一辈子都和父母住在一起，那才恐怖吧。既然克巳总有一天会离开这个家，现在也许就是一个不错的时机。

“为什么？”听了我的想法，妻子似乎有些不服气，“住在家里不是挺好的吗？”

“好是好，但孩子迟早要搬出去的。而且他现在还在上学，时间比上班充裕很多，所以不如趁现在让他早点适应一个人的生活。”

“是吗……”

我并不是真的觉得自己的想法一定正确。克巳想过什么样的生活，应该让他自己决定。其实，我也有自己的打算——我需要另外找一个藏身之处。

夜班保安奈野村在百货商场里手持菜刀与我僵持不下，是两天前的事。后来，我联系过医生，告诉他“我不做手术了”。

“为什么？”

“我决定不做了。”这个想法我对医生重复过很多遍，但这一次，我有一种从未有过的豁然与畅快。

医生依旧没有说话。过了一会儿，他用比平时更为低沉的声音答道：“是吗？”也许是事不过三，医生这次并没有说“如果想辞职，必须再接几份工作”。或许他认为已经不用再亲切地提醒我那些“退休的注意事项”了。

在此之前，我一直担心贸然行事会危及家人的安全，所以才会听从医生的话。但这次不一样了。

医生一直对我说，要想辞掉工作，必须要赚到更多的钱。现在，我终于意识到自己不必对他唯命是从，我和他之间只是生意往来，立场是完全平等的。

在医生列出的选项之外，应该还有其他选项。

早上的文娱热点节目里播了一条消息，说的是某个喜剧演员想离开现在的经纪公司自立门户，但在与公司交涉时未能达成协议，纷争不断，双方闹得不可开交。站在经纪公司的角度看，公司确实花费了大量的金钱和资源才将一个毫无名气的演员培养成功，演员刚能独当一面就想离开，公司自然不乐意放人。不过我很明白，我与医生之间的关系与此不同。

我没有自立门户的打算，也从没想过要去投靠别人，我想做的只是退出这个行业而已。与新入职的员工和刚出道的艺人不同，我从第一份工作开始就有了些成绩，医生作为中介也获得了回报。虽然他一直都说在我身上“开销不菲”，我也一直对这种说法照单全收，但仔细想想，那些不菲的开销花在了什么地方呢?

“逃生楼梯在那边。”

布藤的声音让我回过神来。说来也巧，这个房地产中介居然姓布藤。[1]

我抬头一看，发现自己正站在公寓的走廊上。

布藤是来带我看房子的。这栋公寓建成已有三十年的时间，外观颇为陈旧，采光也不是很好。就这个地段来说，房租相对还算便宜。

布藤打开房门，我走了进去。

“您是在考虑搬家吗？”布藤看起来三十五岁左右。他一边翻看我之前填写的资料，一边问我。

①日语中，“布藤”和“房地产”的发音相近。

“嗯，要是有好房子，我会考虑的。不过不瞒你说，其实是我儿子想搬出来自己住，他现在还是个学生。”

在确认了克巳学校的位置后，布藤说道：“从这里过去可能会有点远呢。”

“上学不太方便，是吗？”

“倒也不是绝对不行，地球是圆的嘛。”布藤似乎觉得这句玩笑很合时宜，但就算地球再圆，走错了方向也永远不会到达终点。一时间，我不知道该如何回应他。

这套房子说不上好还是不好，不，应该说不好的地方更多，勉强能和低廉的房租优劣相抵吧。我当然没什么不满，但要是给克巳看，他恐怕根本就不会感谢我。

我想起了妻子说过的话：“不管是做家务还是加入家长教师联合会，我都不是为了让别人来感谢我。但是，如果有人觉得我做这些都是理所应当的，那我可就有话要说了。”

不管怎样，克巳都不会认为“父母为孩子准备公寓是理所应当的”，但我还是希望能让儿子感到开心。要是知道克巳满意的样子都是装出来的，我心里会更加难受。

“没有离学校近一点的房子吗？”

“那房租就贵了。不过如果是您儿子自己住，一居室或许比较好吧？”

“话是没错，但我有时候可能也会过去住。”

布藤上下打量了我一番，露出一副欲言又止的样子。我耸了耸肩，催促他有话直说。

布藤笑着说："您儿子能愿意吗？"

"应该能吧。不过我肯定不会经常去的，只是偶尔应急。"

"应急？您的工作会遇到什么紧急情况吗？"布藤看着我之前填写的资料说。

"我是文具厂的销售。"

"自动铅笔会让您遇到紧急情况吗？"

"橡皮也会。"

布藤一脸疑惑。"您的意思是，和妻子吵架时，希望能找个地方避难吧？"

"正是。"我虽然这样回答，但其实我和妻子基本不会发生剧烈的争吵。听说群居动物大多容易爆发争斗，但如果等级森严则很少出现这种情况。争斗本就是为了确定等级、争权夺利、攻取地位。我和妻子之间，先不管妻子怎么想，至少在我心里，等级关系已经非常明确，所以也就没有了争斗的必要。我说的应急，是那些想除掉我的人下手的时候，家人能有个地方避难。"啊，要是这样的话……"

"嗯？"

"房租贵一点也行，嗯……这个解释起来有点复杂，打个比方来说吧，有没有那种管理上不是特别严格的房子？"

"啊？不是应该管理严格才好吗？"

"我的意思是，就算有管理员，也是比较好说话的那种。"

一旦有危险的家伙接近妻子和克巳，公寓里难免会发生一场恶战。要是管理员事无巨细，什么都要横加干涉，我的行动很可能会受到牵制。

“管理员最好是个耳朵有点背还比较糊涂的老大爷。”我说完，又觉得将这样一个无辜又孱弱的老人卷进来很抱歉，便补充道，“而且让人一看就没什么好感的那种。”

“有没有这样的房子现在还说不准，我先帮您找找看吧。您今天的时间也不是很充裕吧？”

时间不充裕，是因为医生有事找我。昨天，我收到了医生的通知，让我“立刻来就诊”。

就算他有事，我也不应该再乖乖过去。既然已经一刀两断，当作没看见就可以了。要是有人能够旁观我的一生，一定会劝我：你就是因为这样才会迟迟无法辞职。正所谓旁观者清，在当事人看来事情却远没有这么简单。我也是经过深思熟虑才采取了行动。

一旦我和医生的交涉彻底崩盘，他应该会直接攻击我和我的家人。对他而言，也需要警告其他杀手，退出杀手界将会面临此种下场。

还没到彻底决裂的时候，我现在必须要让医生觉得我们之间还可以继续交涉。

“你还是想放弃治疗吗？”医生问我。

“嗯，是的。继续下去对你我都没有好处。”

“对你我？”

“员工没有干劲，公司的声誉也会受到影响。”

“我倒是无所谓。”

即便没有干劲，接了工作也同样能出色地完成，这就是我。医生对此心知肚明。只要继续给我安排工作，作为渔翁的医生就能获利。

“不，真的已经够了，我要退出。”

“为此你还要再做一段时间……”

“这话我也已经听够了。我不做了。”

医生没有立刻回应。这样的对话已经不知重复过多少次，就像夫妻天天把离婚挂在嘴边一样没完没了。

要是在这里发起攻击……

我不是没有这样想过。旁观的诸位——有没有姑且不论——恐怕也都有与我相同的想法吧。

诊室内只有我和医生相对而坐，近在咫尺。从第一次在这里见到医生，我就觉得即便空手，我也能想出十种以上的方法让医生当场毙命。

但事情并没有那么简单。

“我要是有什么闪失……”虽然医生经常用一些医疗术语或能让人联想到病症、治疗方面的措辞，但第一次见面时，他却说得很直白，“你就别想走出这个诊所了。到时候，这间屋子和外面的大门都会自动锁死。”

然后毒气就会散出，所有人一命呜呼，这里的工作人员和其他患者自然也不例外。只要对医生下手，结局就是同归于尽。

所以，想除掉医生，必须在诊所外面动手，可这个医生来到诊所后几乎不会离开半步，仿佛在这里扎下了根。非要把他叫到外面也不是不行，但在那种情况下，他肯定会有所戒备。

“那么，你觉得自己可以不用再接受治疗了，对吧？”

“嗯，我之前也已经说过了。”

“但这样一来，不仅是恶性的东西，正常的细胞也会受到伤害。”

这是会对家人下手的意思。

“只切除恶性的地方不行吗？医学都这么发达了。”

“不行。”

“我能再考虑一下吗？”

“当然，请你慢慢考虑。”

这么多年来，我们一直在重复这样的对话。可能医生也觉得我最终还是会因为顾虑家人而无法辞掉工作吧。

“我想好了再跟你联系。”

“我随时都能为你推荐很多不同类型的手术。”

出了诊所，我没有像往常一样搭乘电梯下楼，而是选择了不太方便的楼梯。我还是有一种不祥的预感。虽然医生的表情和往常没什么不同，但他比平时更加有意地闪躲我的目光。

接着，我和以往一样，一出大楼便坐上了出租车，准备先回公司。

司机说“前面好像出了事故，我稍微绕一下路吧”，我没有反对。

车在路口左转，然后在第二个十字路口向右拐，这时，我的手机突然响了。

我拿出来一看，是公司负责行政工作的女同事发来的短信。短信的内容怎么看都是在说她的私事，我不禁感到有些困惑。愣了一会儿，我才意识到她可能是发错人了。我和她不太熟，不过印象中她确实因为马虎出过很多错。

你是不是发错人了？我编辑好回复短信，正要按下发送键，突然注意到车行驶的声音有些异常，车速越来越快。难道司机失去意识了？我朝后视镜望去。只见司机专注地目视着前方，显然是在故意加速。

我想到了医生。司机打算让车直接撞上什么东西吗？我每次离开诊所都会在大楼门口打车，所以才让人有机可乘吗？

这辆出租车在驾驶席和后座之间装有透明隔板。我身体后仰，两脚奋力一蹬，隔板应声碎裂。司机见状猛打方向盘，我伸出胳膊，紧紧勒住了他的脖子。我没有手下留情的余地和理由，拼尽了全力，几乎要将他的脖子按碎。

司机已经松开了油门，车却依然没有减速。透过挡风玻璃，能看到街道两旁的建筑和行人向后掠去。这时，一个年轻女人突然出现在前方。我从后座挤到驾驶席，勉强转动了方向盘。虽然没有撞到那个女人，但车还是不可避免地朝大楼旁边的电线杆冲了过去。

现在也只能想办法让伤害降到最低了。我坐回后座，背对驾驶席，将身体蜷成了一团。要是头部受伤，可就真的小命难保了。

我刚做好准备，就感受到了撞击。因为后背撞在了前排的座椅靠背上，好歹起到了一定的缓冲作用。我知道安全气囊已经弹了出来。车斜斜地撞上电线杆，像是画了一道半圆形曲线一般水平旋转后，似乎又撞上了对面的墙壁。我被剧烈的晃动甩了出去，狠狠地撞上了车门，顿时头痛欲裂。听声音，挡风玻璃应该全都碎了。

车终于停了下来。幸运的是我还能动，车门也可以打开。我走出那辆冒着滚滚浓烟的车，来到了旁边的人行道上。

我的心震颤不已，但如果能就此两清，那真是再好不过了。

医生是要解决掉我，还是想要给我个警告？他可能觉得，如果我今天就这样轻易地死在这里，便也再无用处了。

现在已经没有时间说这些了。

也许是因为撞击时的巨响，从旁边的大楼里走出来许多围观的人，就像是捅了马蜂窝一般。我从人群穿了过去，转身离开。

我走到旁边那条马路时，身后突然传来了一个声音：“不好意思，请问你的伤没事吗？”我回头一看，立刻认出正是刚才那个差点被撞的行人。我瞬间绷紧了神经。只见她抽出刀子朝我猛地刺了过来。我感到头部传来一丝刺痛，但显然我的身手更快一筹。

克巳

“就是这把钥匙吗？可以查出来。应该吧，嗯，应该可以。”一个身穿西装、看上去很爽朗的男子露出仿佛是贴在脸上的笑容说道。对于身为委托人的我来说，这种态度说不上过分亲昵，但也不算特别合乎礼仪。或许是因为他笑起来很爽朗，我并没有感到不快。

我想知道在父亲房间中找到的这把钥匙到底是开哪把锁的，便去找了锁匠和房地产中介。我说着“应该查不到吧”，但还是试着咨询了他们，得到的回复自然也是“应该查不到吧”。就在我一筹莫展时，一个锁匠告诉我：“我只和你说，有个行家专门在配钥匙的时候收集相关数据。”

“这种数据也是可以收集的吗？”见我一脸惊讶，锁匠笑着说道：“当然是不行的啊。”

看来这个行家做的是类似违法贩卖个人信息的行当。

我告诉锁匠，这把钥匙是在已经过世的父亲的房间中找到的。锁匠似乎很同情我，对我说：“我相信你不会拿去做坏事的。”他如此相信我，令我有些意外，但我还是心怀感激。

就这样，一个爽朗的年轻人出现在了我面前。他看上去像一个平易近人的杂志模特。

“也许这是哪栋公寓的钥匙吧？”想到十年前我曾考虑过要搬出去一个人住，我便推测这可能是父亲租下的某栋公寓的钥匙。

“估计是。嗯，肯定是的。我先拿回去在数据库里检索一下。就算没办法直接查到结果，只要能知道这把钥匙是在哪家店配的，也能以此为线索继续查下去。”

“很快就能知道结果吗？”

“你觉得计算机的运行速度有多快？”他盯着我问。

我意识到刚才说的话好像有些不合时宜。“有多快？”

“谁知道呢。”

男子的目光如水般清澈透明，在这种眼神的注视下，我实在生不起气来。

“爸该不会是想找一个藏身的地方吧？”吃晚饭时，妻子茉优说道。

“藏身的地方？”

“不是说男人都想有个独处的空间吗？”

“这话估计就是那些想要独处的男人编出来的。”其实，女人应该也会想有个独处的空间吧。

儿子坐在妻子身旁，对着电视看得十分入迷，连塞进嘴里的食物也无心咀嚼，小小的腮帮子鼓鼓的。“嘴巴没嚼。”我提醒了他一遍，他便作势嚼了两下，很快又停了下来。

“不过，我老爸确实总是在看我老妈的脸色行事，也许他是想找个地方放松一下吧。”

“可是妈明明很温柔啊。”

“夫妻之间可能会遇到很多情况吧。”在我看来，父亲明显十分害怕母亲。不过要说起来，母亲其实并没有掌管家里的生杀大权，二人的关系也不差。

“你对爸印象最深的是什么？”

“怎么突然问起这个？”

“参考一下嘛。你看，我就没有爸爸。”

“怎么说呢……”

“你笑什么啊？”

妻子的问题倒是让我回忆起了从前的事。“有一天我刚起来，就看见他像刚从太空返回地球一样倒在地上。”

“爸吗？他还有宇航服啊？”

“当时院子里有个很大的蜂巢。”

那是清晨四五点钟的时候吧，我不知道父亲为什么那么振奋，也许是怀揣着“必须要在家人起床之前处理完毕”的使命感，他手持杀虫剂，向蜂巢发动了猛攻。我起床的时候，战斗已经结束了。估计是喷了杀虫剂的关系，掉在地上的蜂巢看起来像是溶化了，旁边还堆积着许多黄蜂的尸体。父亲一直嘟囔着他办了错事，看来是真心觉得那些黄蜂可怜吧。不过，也许是把滑雪服和羽绒服一股脑全部穿在身上的“完全防御装备”实在太热，他后来在床上躺了整整一天。母亲则嫌弃地絮叨他“为什么要做这种蠢事”。

现在想来，父亲也许正是在我们不知道的地方，一直这样默默地守护着我们。

大辉不知何时爬下了椅子，站在了我身旁。我正觉得奇怪，就听见妻子指着电视说道："可能是吓着孩子了。"

电视里放的是动画片，但有怪物正好出现在画面中，音乐听着也有些瘆人。

我抱起儿子放在腿上，轻声说道："没事的，爸爸在呢。"这并不是哄孩子用的一句套话，而是我的肺腑之言。亲口说出来后，我切实感受到这是我的真心。

我自然希望能够在孩子今后的人生中守护他，让他远离那些恐怖又荒谬的事。但同时我也很清楚，人生在世，无法完全避开恐惧与痛苦。

加油吧，儿子！我在心里默默地为大辉加油打气。但我突然意识到，自己不也正在奋力前行吗？我不由得苦笑，想起了小时候画的那幅蜡笔画，上面写着"爸爸，谢谢你为我们做的努力"。

"你还记得最后和爸说了些什么吗？"

"嗯？"

"爸去世前，你们最后说过的话。"

"啊……"这个问题我从十年前就开始思考了。父亲突然从楼顶一跃而下，没有任何征兆，让我不禁想，他之前真的没有什么异常举动吗？"很奇怪，我真想不起来。越是去想，就越没什么头绪，记忆仿佛都逃跑了。就像在沙堆中挖东西，挖得越狠，那东西越往里钻。”

“你一点都不记得了吗？”

“是啊。”

一瞬间，我突然想起来了，好像一个无论怎么挖都挖不出水的泉眼，竟会在十年后只须用指尖轻轻一擦，泉水便喷薄而出。

那是一天早上。我刚从二楼走下来，就看见父亲正在打开不知是冰激凌还是布丁的盒盖。“这个，我能吃吗？”父亲问道，“你最近怎么样？”面对这个含糊的问题，我也模棱两可地答了一句“还凑合吧”，然后提醒道：“对了，那个好像是老妈要吃的。”

父亲已经开始吃了，闻言，他皱起眉头说：“这可糟了。”

“没那么严重吧？”

“很严重。”父亲的语气里带着一丝辩解的味道，“一会儿我再去买一个吧。”

这就是我们最后的对话。

“十年了，我终于想起来了。不过，这段对话还真是平淡无奇啊。”我笑了起来，为自己没有忘却这段回忆而开心不已。

“爸说一会儿再去买一个，难以想象他会就这样跳楼了……”

人的言行有时是不合常理的，决定自我了断也只是一念之间的事。如果是十年前，我可能会对此表示认同，但自从听了田边的话，我的想法就发生了变化。“是的，很奇怪。”

“这是最后的对话吗？”

“应该就是那天。之后我们好像还说了什么，不过我想不起来了。”

再等一等，回忆会不会像刚才那样发出新芽？后来，我到底又和父亲聊了些什么呢？

我望着儿子，想象自己这样坐在父亲腿上的样子。小时候我肯定这样坐过，现在却完全想不起来了。

“你电话响了。”经妻子提醒，我才注意到有人给打电话。是一个来自东京的陌生号码。我犹豫着要不要接，但转念一想，这通电话也许与那把钥匙有关，便接了起来。

虽然事情不如我所料，但也差得不远。打来电话的是前一阵我去诊所拜访过的那个医生。仿佛要拿到一份结果不佳的体检报告一般，我的感觉不是太好。

“你父亲的事……”

“啊，之前突然去拜访，实在不好意思。”我边说边朝妻子打手势，示意她“电话是医生打来的”。一时间，我能想到的只有拿着听诊器听心跳的动作。我也不知道妻子有没有看懂，只见她朝我点了点头。

“我们这里还有人记得你父亲的事。”

“是护士吗？”

“当时你父亲好像在工作上遇到了什么烦恼，一直在找这方面的医生。”

医生的话说得有些不明不白，看来即便是十年前的事，也关乎个人隐私。“是心理方面的吗？”

“他希望能给他介绍几个比我们这边更加专业的医生。”

“我可以和诊所的工作人员谈谈吗？”

“可以。”医生的声音冷冰冰的，“后来你还有什么发现吗？关于你父亲的。”

“有一点吧。”我指的是钥匙的事。医生沉默不语，令我有些不安，我重复道：“是有一点，不过也算不上发现。”

“你找到什么东西了吗？”

“嗯，在我爸的房间里。”我不知道该告诉医生多少，因为我现在也不清楚那把钥匙到底是做什么用的，所以只能含糊地应付。万一真是父亲用来金屋藏娇的——虽然这种可能性很低，但也不能保证一定不会发生——大肆宣扬出去也有点对不起父亲。

“周三下午诊所休诊，希望你到时能过来一趟。”医生说道。

我确认了一下时间，答应后便挂断了电话。

妻子得知通话内容后，歪着头问道：“爸会为了工作而感到烦恼吗？我觉得他不是这种人啊……”

“你又没见过他。”我揶揄道。

“这倒也是。”妻子乖乖地点了点头，接着却皱起眉问，“你刚才像是把自动售货机上的按钮从边上开始全按一遍的动作，是什么意思啊？”

兜

也许这是管理员很喜欢挂在嘴边的一句口头禅吧，他又一次对我说道：“我要是死了，那可就保证不了了。”

这个管理员的岁数确实不小，但无论是从健壮的体格还是口齿伶俐的说话方式来看，他都不像是那种随随便便就会死的人。他脸上有了一些皱纹，皮肤却依然富有光泽。

布藤如约完成了工作，为我找到了还算能满足我要求的房子。

“我不会干涉住户的生活。我自己也住在这里，就是一楼最里面那间。只要没什么大问题，我是不会去找人麻烦的。”管理员笑着说道。

“在屋里摔角呢？”

“你就是打橄榄球都没人管。前几天，五楼那个家伙做理科实验还爆炸了一回。”

“是啊。”布藤点了点头，仿佛很怀念的样子。从布藤的反应来看，他恐怕也有些异于常人。“不过是不是理科实验，我就不知道了。”

“别管什么理科不理科的，那个爆炸的声音实在太大了，警铃跟着响个不停，消防车的鸣笛声也吵得要死，事情闹得还挺大。”

“所以还是不能太吵啊。”

“像那天那样就有点麻烦了，否则我一般都是睁一只眼闭一只眼的。”

“如果真的发生了爆炸,搬走的时候押金就不退了吧？”我问道。

“这里本来是只售不租的公寓。但是因为年头久了，住户换了一批又一批，有些买了房子的人就把房子租出去了。这里也有我买的房子，但一直空着。要是有人肯出钱，我卖了也行。”

“买下来有什么好处吗？”

“买和租不一样，买了就不用还了。”

“所以也能做理科实验了？”

“只要不吵、不爆炸就可以。”

管理员像一个现役的老兵，不过这栋建成已久的公寓本身很有格调，数年前翻修过一次，因此并不显得陈旧。

“如果选在这里，我儿子应该不会嫌弃。”

“原来是替儿子找房子啊，现在的父母真是太宠孩子了。”

“也算是给自己找个避难的地方吧，万一有什么事，我可以躲到这里来。”

“您儿子可能不会愿意的。”布藤又重申道。

“你就说这房子是你自己掏钱买的。”管理员说道，“不过说不定真需要一个避难的地方呢，谁知道将来会不会发生核战啊环境灾害啊什么的。”

“是吗？”

“每隔一段时间，老天爷都会重启世界。就像断舍离一样，一旦房子变得乱七八糟，东西就要全部扔掉，从头再来。否则越积越多，就收拾不过来了。地球自从出现，一直都是这样循环往复的。”

“看来老天爷不太擅长整理东西啊。”我边说边在脑海中反复回味“重启”这个词。我一直想将自己迄今为止犯下的罪行一笔勾销，从零开始重新来过。对我来说，这个词实在太有吸引力了。但我心里还有一双眼睛正牢牢地注视着我，问道：你的行为真的能够得到原谅吗？你能重启吗？

“所以你到底是怎么打算的？要签合同吗？”管理员看着我问道。

“怎么打算？”

“要买还是要租？”

“如果今天买，明天能住吗？”

“怎么说也要一个月以后吧。”布藤说道。实际情况应该也是如此，但管理员显出一副很大方的样子，对我说：“你如果付全款，我可以想办法让你尽快入住。这里有好几间房都是我的，手续什么的我可以帮你全部办好。”

看来这个管理员同时在做与房地产相关的工作，虽然他是布藤机缘巧合下介绍给我的，但据说贷款和登记的事也都可以交给他。

“我再联系你吧。”

听了我的话，管理员冷笑了一声，回应道：“说出这种话的家伙，通常都不会再联系了。”

“兜，你的那个经纪人最近很情绪化嘛。”店铺老板对我说道。

那是我回家时经常顺路去的一家店，里面摆放着许多色情杂志。这家店单名一个“桃”字，大家也经常称呼老板为“桃”。老板是一个身材魁梧的女人，体形像是皮球，总是穿着一件能透出内衣的衣服。我不知道她开这家店有多少年了，但我刚入行时，别人就告诉我“要想知道业界情报就去找桃”。的确，各式各样的传闻都汇集在她周围。

“他不是经纪人，只是个医生，我常去找他看病。而且他才不可能变得情绪化。”那个男人就像一台医疗器械。

“就算外表看起来确实如此，内心可不一定，而且医生大多都自尊心很强。”

“你这是偏见。”

“也许吧。不过，要是精心培养出来的员工突然说要辞职，任谁都不可能心平气和地接受。”

“是吗？”

“如果你老婆找了个情人，突然要跟你离婚呢？”

“那我可接受不了。”

桃扑哧一声笑了出来。“对吧？这样一来，双方根本无法坐下来冷静地交涉，心里想的都是怎么才能让对方感到困扰和痛苦。就算死，也要和对方同归于尽。”

“不管怎么说，医生是不会做到那种地步的。”

“确实如此，”这一点桃也承认，“不过他还是找人在出租车上对你下手了吧？你也有些自顾不暇了。”

“现在就连要拿出资料的房地产中介，我都有些害怕。”

“你真的打算不干了？”

“是的。”

“你觉得可能吗？”

我紧盯着桃。她恐怕对数不清的——不，严格来说应该还是数得清的，总之她对很多杀手都非常熟悉，一定也对那些人的杀人方式、失败情形和隐退情况心知肚明。“你是说，划清界限很难？”

“不，我说的是更重要的事。好好想想你以前的所作所为。全是坏事吧？一个人要是做了那么多谋财害命的丑事，你觉得他还能抹掉过去的一切，重启人生吗？”

她狠狠地戳到了我的痛处。毫不夸张地说，我真的痛苦得想要叫出声来，但我忍住了。

一想到我迄今为止做过的事、夺走的性命，还有那些被我毁掉的人生，我就已经明白，我无论如何都不可能将过去一笔勾销，也没有资格奢望自己的人生还能如何。

“这个社会还是不愿意给犯过错的人一个洗心革面、重新做人的机会啊。”我勉强挤出了这句话。

“社会当然容许犯错，但像你这样的，就比较难办了。如果负一百分也许能一笔勾销，那么负五万分呢？”

“负五万分，”能算出这个分数也挺不容易的，“难道就没有办法重启了吗？”

“肯定会生气的呀。”

谁会生气——我没有问出这句话。

“你想象一下，要是有人拿了钱来杀你儿子……”

“那可不止负五万分。”我马上答道。一想到可能有人要杀克巳，我心里憎恶的火焰就一下子喷了出来，我无法想象具体的情景。“那你说我该怎么办？”

“我也不知道啊。”桃笑道，“要不你去网上问问吧？不过，你那个经纪人好像已经失去了理智，我建议你也要多关心一下家人的安危比较好。”

“他应该知道，如果对我的家人下手，我会有多愤怒。”

“情绪化的人是不知道自己在做什么的。”也许是察觉到了我内心闪过的不安，桃接着说道，“万事小心为妙。他不可能只找一个出租车司机来对付你。”

“我刚从出租车上下来，有个行人就拿着刀朝我刺了过来。”虽然我很快就将对方解决掉了，但我已经无法预见下一次攻击了。“你有什么好办法吗？我从没奢望自己的罪行能一笔勾销，只是想知道，有没有什么对策能阻止医生对我的家人下手。”

桃双臂环抱，默不作声，一副少女蹙眉沉思的模样。我同样沉默地等待着她的回答。这时，我的手机收到了一条短信。

“给你发短信的人很可怕吗？”桃说，“看你一副胆战心惊的样子。”

“是我老婆，她问我回家的时候能不能带一包淀粉。我之前就有一次忘记买了，慌慌张张的，很容易就忘了。”

桃轻轻叹了口气，不知是在嘲笑还是在感叹。“刚才说到哪儿了？啊，对，虽然我不知道你的经纪人会使出什么招数，不过要说能做的事，至少还是可以先上个保险吧。”

“什么保险？”

“比如，‘要是我有个三长两短，就会把揭发你的文章公之于众’之类的。”

“我看可行。”

“或者‘你要是敢伤害我的家人，我就抖出那些黑幕，让你身败名裂’等等。”

“嗯，这至少比坐以待毙强。”

“是啊，而且还可以争取一些时间。你那个经纪人虽然是个老手，但也不可能一直不退休。”

“他入行真的很久了。”我在刚满二十岁的时候第一次见到了医生。从那时开始，他就一直活跃在杀手界的一线上。

“你应该知道《平家物语》的开头吧？”

“‘月日者百代之过客，来往之年亦旅人也’？”

“那是《奥州小路》。总之，这个世界上没有人能一直嚣张下去。当年的寺原和峰岸堪称业界内的中流砥柱，现在也已经没了动静。杀手榜单的排名永远都在更新，而那些利用职权作威作福的上级迟早会迎来退休的一天，变成步履蹒跚的老头子。”

“所以不到那时候我都不能辞职吗？”而且，如今的杀手榜单还剩下多大的价值?

“你不想再工作了?”

“我真的不想再使用暴力夺人性命了。”

“这话要是刚入行的新手说说也无所谓,可是像你这样的……”

“可能我现在才到叛逆期吧。”我一边回答,一边在脑海中整理想法,“你手上有没有医生的把柄?比如那种能对他起到牵制作用的情报。就像刚才说的,万一我家人出了什么事,我就把那些情报公之于众。”

“我目前还不知道,不过就算没有也没关系吧?”

“没有也没关系吗?”

“正是因为没有具体情报,才会引起对方的猜忌,从而对你提高警惕。你只要暗示对方你手上有对他不利的情报就够了。与此同时,你也可以考虑雇个人把医生干掉,怎么样?”

“那还不如我自己动手。”但是,我不仅无法在诊室里除掉医生,他也几乎不会离开诊所一步。

桃闻言道:“那就只能把他引出来了,你就是诱饵。”

“怎么做?”

“我不是说了不知道吗?不过他如果出了诊所,肯定会有所戒备,到时候你可以找其他杀手趁机突袭。”

“你想给我介绍个杀手?”我开起了玩笑。看桃的样子,像是为了赚点手续费,在不停推销着各式产品。

“我可是一片好心。再说了,就算我帮你介绍,我也拿不到一分钱。”

“那你有推荐的人选吗？”

“我看好的人大都已经死了，像蝉、蜜柑和柠檬。”

“那你可别看好我。”虽然是一句玩笑话，但我蓦然发现自己的死期已近在眼前。“我的死”也是让一切尘埃落定的方法之一，我从未感觉到死亡如此真实。“我会死的。”我说道。

“你怎么突然说这个？”

“不光是我，所有人终归都会死。”

“这倒是没错。”

“嗯，所以我必须要死。”

“你在胡说些什么？对了，你觉得槿怎么样？非常优秀，是个推手。”

“真的有这个人吗？”

“废话。”

槿擅长将人推到车轮下杀害。这种方式非常容易暴露，但他活跃在一线已经很久了，身手应该不错。“他倒是个不错的人选。”

想办法将医生带出诊所，再趁机让他经过车来车往的十字路口，或许可行。

“不过我不能当中介，你还是自己去找他吧。”桃将槿的联系方式告诉了我。没想到有朝一日我也会花钱雇杀手。

“如果你真打算和医生殊死一搏，务必要格外小心。不要光靠其他杀手，你自己也得做好万全准备。”

“当然。”最终能信任的人只有自己。如果自己会辜负自己的期待，那还是放弃吧。

“不要太勉强啊。”桃微微一笑，“我可是很看好你的。”

这时的我已经察觉到了事态的严峻。我想起了妻子以前经常对克巳说的话：“把能做的事情都做了。”

要是不行就算了。

确实如此。

克巳

“我在我爸的房间里找到了一把钥匙。”我对面前的医生说道。告诉他时我有些犹豫，因为母亲还不知道这件事。但医生一问，我就不由得感到压力，不得不吐露了实情。

当我说到想具体了解一下十年前父亲在精神方面有什么问题时，医生便提出“周三下午诊所休诊，希望你到时能过来一趟”。他语气温和，但言外之意似乎是不会在其他时间地点见我。我早点下班便能顺路过去，所以对这一安排并无异议。只是到了诊所，我才发现之前那个接待过父亲的医护人员没有来，这让我有些生气。

我就是来见那个人的，她如果不在，应该提前告诉我，这样我也就不用白跑一趟了。我很委婉地向医生表达了自己的想法，不过不知是不是我太委婉了，医生只用一句“她现在很忙”就把我打发了，紧接着问我：“关于你父亲，后来你还有什么发现吗？”

“啊，说到这个……”我将在父亲房间里找到钥匙的事告诉了医生。

“是哪儿的钥匙？”

“现在还在找人查，不过我觉得应该是某间屋子的。”

“某间屋子？”

“这是钥匙的样子。”我拿出手机，给医生看钥匙的照片。因为调查需要，钥匙已经交给了别人，不过以防万一，我提前拍下了照片。我不知道是否有必要给医生看，而令我意外的是，医生探出了身，目不转睛地盯着手机上的照片，并对我说：“照片可以发给我吗？我这边说不定能帮忙找。”

“帮忙找？”

“找到是哪儿的钥匙。”

是啊，多几个人帮忙找……我刚想这么说，但还是改变了主意。“暂时先让我自己来处理吧。”我为什么要这么回答？我认为医生不能帮忙查到钥匙的来历吗？还是觉得如果钥匙是父亲有心想要藏起来的，那么知道的人自然越少越好？

“哦，好吧。”医生并没有显出失望的样子。

就在从离家最近的车站往回走的路上，我遇到了抢劫。当时，我肩上背着一个略大的包，正沿着一条小路向前走。突然，一辆摩托车从旁边经过。我正要往旁边让，感到包被人一把扯了过去。

包被人抢了，我当场摔倒在地。日暮时分，路灯虽亮着，周围却一片昏暗，街上空荡荡的，见不到一个人影。

我站了起来。比起身体的疼痛，我先感觉到的是丢脸，虽然我并没有做错什么。我一边慌慌张张地向前追，一边回忆包里装的东西。手机在西装的口袋里，月票和钱包在包里。不知道我的损失是大是小。先不管丢了多少钱，补办信用卡倒是比较麻烦。

虽然不可能追上摩托车，我却拿出了多年不见的狠劲，拼命向前冲去。

冲啊!

鼓励声仿佛就在耳畔，我猛地向旁边望去，似乎看到父亲正在和我并排向前跑。这种情况在现实中显然不可能发生，也许是因为年少的我与父亲一起练习跑步的那段近二十年前的记忆苏醒了。很好，克巳，摆臂，对，这样跑得就快了。我不知道那时的我是不是也像现在一样喘不上气来。第一次拼命跑步的自己，和现在许久没有拼命跑过步的自己，哪一个更累呢?

父亲的步伐十分轻盈，英姿飒爽地跑到了我的前方。等等我啊。我赶忙追了上去。这时，父亲在路口向右一转，一下子就不见了踪影。看来我要加把劲了。

我身体前倾，拼尽全力往前跑着。刚向右拐过路口时，看见那辆摩托车正倒在地上，我立刻停了下来。

看着眼前的景象，我惊呆了。只见摩托车侧翻在地，引擎还在轰隆作响，不远处躺着一个戴头盔的男子。他应该是被摩托车甩了出去，正挣扎着站起身来。这时，我看到自己的包在地上，便赶紧跑过去捡了起来。男子戴着头盔逃离了现场。他跑起来有些一瘸一拐的，速度却很快。我感到茫然，四周聚集起了围观的人群。

“真是辛苦了。然后呢？”洗衣店的老板将我递过去的西装重新叠好，继续问道，“警察来了吗？”

“来了，还问了我好多情况。”

“摩托车怎么会翻呢？”

“应该是转弯的时候打滑了吧。”这是几个目击者告诉我的。据说是摩托车转弯时没转过去，男子压低车身过弯，但由于轮胎太细，还是打滑了，于是连人带车摔了出去。

“还好打滑的摩托车没有撞到行人，也算不幸中的万幸了。”

我摔倒在地时，西装被蹭了一下。虽然没破，但留下了非常明显的痕迹。我拿去询问洗衣店老板能不能想办法处理一下，顺便提到了遭人抢劫的事。

“您太太肯定也吓了一跳吧？”

“一开始她是挺害怕的，不过现在也就是觉得多了一个谈资吧。”我半开玩笑地说道。

老板皱着眉，略显遗憾地说：“这块地方可能真的没办法处理了，”他指着西装，“上面蹭得太厉害了。您这件衣服应该是花钱也买不到的吧？”

“哎？”

“这件衣服看着已经有些年头了，而且这里的名字首字母和您的也不太一样。”老板指着西装内侧的刺绣问道，“这件衣服有什么来历吗？”

“嗯，这是我爸的衣服。”没想到他会注意到这些细节，我不禁感到佩服。

“是您父亲传给您的？”

“算是吧。这件衣服我还想再穿几次，不过也不可能穿一辈子。”

“那我再帮您看看能不能修补吧。虽然没办法保证和原来的一模一样，不过至少能做到看不太出来。”

“这就足够了。”老板的话令我感激不已。其实，我也觉得这件西装该退休了。这是父亲留给我的遗物，而且是名牌，我穿起来也很合身，但是我不可能一辈子都抓着一件衣服不放。这次也许是一个改变的好机会。

要是谁能在每天早上看到妻子的瞬间，不在心里默念一句“今天也多有得罪了”，那这个人肯定称不上真正的妻管严。这是我以前从某个落语家[1]那里听来的，对我而言，这句话根本谈不上有趣，反而更像是一个能引起我共鸣的悲伤故事。今天早上，妻子正在厨房做早餐，我察觉到她浑身上下似乎都散发出一种冰冷而愤怒的气息，让我差点就要开口道歉。不过，一想到无缘无故地认错很可能会让妻子更加生气，并认为我的道歉“不过脑子，毫无诚意”，我还是闭上了嘴。我的道歉确实是不过脑子的下意识反应，但我是真心实意的。

她到底为什么不高兴呢？难道是我做错了什么？我的大脑飞速地运转，却怎么也想不出原因。

我嚼着面包，和妻子说着一些无关痛痒的话题，脸上稍稍流露出些许自责的表情。万一我真的做错了什么，还能用这副表情来应付一下。

妻子似乎是在怀疑我有外遇。没过多久，我就意识到了这一点。压抑的气氛令我坐立难安，我只好打开手机看了看天气预报。要是妻子的心情也有办法预测就好了，我正想着，只听妻子问道：“昨天晚上你手机没静音吧？”

她的语气冷若冰霜，仿佛一瞬间就能把森林里的生物全都冻住。我正纳闷，妻子已经开始连珠炮似的抱怨起来。

半夜，我的手机收到了一条短信。妻子因为被铃声吵醒很不开心，便要把我的手机调成静音，却无意间看到了短信的内容。

带着满腹疑虑，我终于看到了那条短信。在此之前，我甚至

---

①与中国的单口相声演员类似。

不知道曾经收到过这样一条短信。

发件人是公司的一个女事务员。短信里不仅写着“谢谢您前段时间对我的指点”“那天晚上我过得十分开心”之类的话，还点缀着许多爱心符号和可爱的表情。豆大的汗珠顺着我的后背淌了下来，就算在黑暗中遭遇敌手，我也从未如此紧张。

事情非常不妙。

我当然与那个女事务员没有任何特殊关系，我们只是普通同事，在公司也没什么交集，最多就是事务上的联系罢了。因为要经常在外面跑业务，我确实知道她的手机号码，可是她在短信上写的那些“指点”“过得十分开心的夜晚”，我完全摸不着头脑。

我想了一会儿，说道：“大概是发错人了。”这不是我拼了老命才找到的借口，而是真的有可能。

仔细想来，那个女同事之前也给我发过短信，再努力回想，我似乎还在加班时见过她和另一个男销售很亲昵地说话。也许这条短信就是发给那个男销售的。

妻子重重地叹了口气。“这个借口真牵强。”说着，她就去屋外晾衣服了。

“我不讨厌你这种急性子的人。正所谓好事不宜迟，不，应该说不宜迟的才是好事嘛。”虽然天气渐渐转凉，他依然穿着一件短袖衬衫，细长的胳膊显得很结实。他就是前几天才刚与我见过面的那个公寓管理员。

我将准备买房的想法告诉了他，他帮我准备好了相关手续。后来，我在电话里提出想要尽快入住，于是他让我现在就过去一趟。

事情之所以能办得如此迅速，只是因为这个管理员太闲了吧？我不禁想。

我即刻动身去了公寓的管理员室。

管理员室位于公寓一楼的一角，里面装修得异常奢华，令我目瞪口呆。屋里的家具都给人一种厚重的感觉，除了真皮沙发和大尺寸电视，还摆放着一整套类似家庭影院的设备。

“什么时候能住进来？”

“今天付钱，明天应该就可以住了。”

“这么快？”

“一般来说不会这么快，”管理员似乎想说“正因为是我才能这么快”，“不过，你儿子不是想马上就搬进来吗？”

“嗯，差不多吧。”我含糊地答道。

“哈哈。”管理员一副心领神会的样子，笑着问道，“你是有什么东西要藏吧？”

“啊？”

“以前有个政治家，死后留下了一把公寓钥匙，当时大家都以为他是金屋藏娇，结果风风火火地跑过去一看……”

“屋子里有什么？”

“堆得满满当当的高达模型。”

“难道是为了政治？”

我没打算开玩笑，管理员却点了点头，愉快地说道：“高达确实很适合用来学习政治。”

“我可能跟他差不多。”一开始我打算在危险来临时到这里避难，但现在我的想法多少有了些变化。

“你准备把那些不想让家里人知道的东西藏在这里吗？”

“嗯，差不多吧。”

“该不会是谁的尸体吧？”突然听管理员提到“尸体”这么危险的词，我心里顿时一惊，不过他似乎没什么深意，又说道：“就算是尸体也不要紧。”

“不要紧？”

“如果有人投诉屋里太臭或者声音很吵、长了虫子之类的，那确实有点麻烦。但要是没人发现，我才懒得去管呢。毕竟这也是住户的个人隐私嘛。”

“可是再怎么说，存放尸体和个人隐私也不是一个性质吧？”

“是吗？”管理员虽然嘴上附和着，恐怕还是觉得将尸体放在房间里不算超出个人隐私的范畴，“我没有注意到的地方，全都算是个人隐私。”

“话不能这么说。”

“你也想早点把房子过户吧？手续什么的我都已经准备好了。”

“太感谢了。”我是真心的。

几天前，我还盘算着买下这栋公寓中的一间，既可以作为儿子独立生活的住处，也能在遭遇不测时应急避难。但就在短短几个小时前，我在上班路上接到的那通电话彻底颠覆了我的想法。

电话是桃打来的。我刚下电车，手机便响了，像是事先算准了时间一般。而更令我惊讶的，是这通电话的内容。

“事情可能有些不妙，”桃说道，“也许是我估计错了。”

“估计错了？估计错什么了？”

“你经常问诊的那个医生比我预想的动作更快，也可以说是顾虑太多。也许医生都有很强的防范意识吧，就像病毒来临前先吃抗生素一样。”

“抗生素是杀不死病毒的，只对细菌有效。”

“我按照之前说的，故意放出去了一些谣言，说你掌握着医生的秘密什么的，还说如果你家人发生了危险，你就会把这些秘密公之于众。”

“是不是一听就像编的，一下子就被医生拆穿了？”

“恰恰相反，医生好像有点慌了，可能是我编的那些话还挺像那么回事。不知道是我说得太活灵活现，还是他太敏感，总之他现在已经开始调查谣言中的事了。他肯定想知道你到底掌握着什么秘密，所以在不顾一切地调动着手上的资源，派各路杀手展开调查。”

“你不是说没有人能一直嚣张下去吗？”

“盛者必衰自然不假，但不会马上溃败。医生还是很有实力的，是我看错了。”

“你的意思是让我多加小心？”

“昨天有个杀手，全家都被杀了。”

我陷入沉默。“全家”两个字狠狠扎进了我的心里。“哪个杀手？”

桃没有回答，只是说道：“兜，他和你是一样的。”

“什么意思？”

“他也从医生那里接活儿，而且最近在考虑金盆洗手。”

“他的家人是怎么死的？”

“当时他们正准备进餐厅吃饭，一辆车突然冲了过去。”

“又是医生那家伙找人干的吧？”

“没错。等一时不一定风平浪静，也可能会等来惊涛骇浪。我算是领教了。”

“原来如此。”我真切地感受到自己能做的选择已经所剩无几，“看来在我们这行流传已久的那句格言终于要派上用场了。”

“哪句格言？”

“先下手为强。”

难道最后还是要这样收场吗？

我挂断电话后，先向公司请了假，又通知了家里，说今天可能会晚点回去。公司那边按照流程批准了，妻子却在电话里不停地说晚饭的事。不过，我现在已经没心思去管晚饭了。不知道是不是我多心了，我觉得妻子的声音有些低沉，也许是还在怀疑我出轨的事吧。

必须尽快做好准备。我要是早做决断就好了，但也无法确定那么做就是正确的。

“你不贷款，对吧？”

“嗯。”说着，我拿出了一个装着现金的背包。

“你别告诉我这是你从银行偷回来的啊。”管理员的表情稍显惊讶。

“这是我多年的积蓄，都是我努力工作赚回来的。”

管理员一副半信半疑的样子说道：“我可没兴趣打听你的个人隐私。”

办完手续并付清全款后，管理员告诉我：“明天登记好了，我就把钥匙给你，然后你就可以搬进去了。”说完，他又补充道，“我办事够麻利的吧？你知道这是为什么吗？”

我忍着没说出那句“因为你很闲”，回答道：“因为业务熟练？”

管理员笑着说：“因为我很闲。”

这种做法谈不上是什么计划，倒更像是当场想出来的，但在我看来，现在只剩下这一条路可以走了。

先下手为强。

我想起以前在院子里和黄蜂对决时的场景。那也是我们家经历的一次危机。当时，我凭借在网上搜索到的相关信息和家里的滑雪服、头盔等，勉强化解了危机。不过，这次我不可能再从网上查到相关信息了，用上滑雪服和头盔也无法打倒医生。

这就意味着我只能用手上现有的东西来保护家人。既然黄蜂可以搞定，那我觉得打倒医生也不是没有希望。

与槿联系没有遇到什么麻烦，可以说是非常顺利。按照桃说的步骤，我很快就通过电话找到了槿。他既没有确认我的身份，也没有询问目标——医生的具体情况。

了解了最基本的信息并告诉我付款方法后，槿说了一句“我明天联系你”，便挂断了电话。

在杀手界，大多数杀手都不关心是谁花钱雇了自己，更不会在乎自己要杀的目标是谁，我曾经也不在意，需要的只是动手的时间地点、任务的风险与难度，还有天气情况，仅此而已。

不过，槿好像又与此不同，他给人一种漠然的感觉。曾听说将人推到车轮下杀掉的“推手”是指那些“因运气不佳而死于事故的人”，但也许世界上并没有什么推手。就像“镰鼬”“神隐”其实与“鼬”“神”无关一样[1]，当说到“那家伙被推手干掉了，真是可怜”时，也与推手本身无关。

我和槿在电话里的寻常交谈确实有些令人扫兴，但经过这次通话，我察觉到了他身上那股让人难以捉摸的气息。

我接下来要去藤泽金刚町。那里有一家小商店，表面看起来是卖渔具用品的，暗地里却做着武器弹药的买卖。据说这家店已经开了很久，以前的老板年事已高，便将店交给了隐退下来的杀手继续打理。

我买了枪和弹药。

“这些东西你要放到哪儿？被家人看到就麻烦了吧？”结账时，

① “镰鼬”是日本传说中一种妖怪，乘旋风出现，爪子呈镰刀状；“神隐”特指因碰上鬼怪而行踪不明。

留着胡子的老板问我。

我一言不发，目不转睛地观察着他。

他的体格很健壮，看来说他曾是搏击运动员的传言属实。他正将我买的手枪和防弹衣装进一个出国旅行用的大行李袋里。

“你为什么会觉得我有家人？”我依旧紧紧地盯着他，不放过他任何细微的反应。我在这家店买过很多次装备，但我清楚地记得自己从没说过多余的话。

“咦，你没有吗？我只是觉得你看起来像有的。再说了，每个人基本都会有家人吧？”

“或许是吧。”我虽然这样回答，心里却已经不再信任他了。他肯定从医生那里听到过我的事，而医生也很可能早就料到我会来这里买需要的武器。

“不好意思，我还是不买了。”

老板慌忙抬起头，拿起行李袋放到了我面前。“我都已经给你装好了。”

“可我还没收啊。赶紧退钱，东西我不要了。”

“喂，哪儿有你这样的啊？”老板的语气很是不满。

我盯着他，并且做好了准备，如果他敢再挑衅，我立刻冲过去掐住他的脖子。

老板也不傻，应该已经从我的眼神中察觉到我不是在开玩笑，只得将嘴边的话咽回去，恋恋不舍地将我刚才递过去的钞票重新数了一遍，还给了我。

“我有话要你转告医生。”恐怕老板会将我来过这里的事告诉医生。“就说我明天想见他。如果他不来，我手上的东西就会出现在它们该出现的地方。”

我也不知道自己手上到底有些什么东西，更不知道该出现的地方是指哪里，但我对自己唬人的功力稍微感到意外。不知是有桃之前放出去的谣言做铺垫，还是我的演技太好，老板竟然老老实实地点了点头。

我把钱放回钱包，打算离开。走到店门口时，我转过身，发现老板立刻站得笔直。我并不觉得他在身后准备好了手枪，或许他只是在害怕。

“你已经报信了吧？”

“啊？”

为了应付难缠的客人，店里肯定安装了警报装置。门把手上的按钮、地板上的凸起，都是不容易被客人发现的机关。老板通知的人可能是警察，也可能是强行将闹事者轰出去的类似保安的杀手。不过与我旗鼓相当的对手应该没工夫在这里对付我，那么老板能叫来的应该就是警察了。也许他是想等我拿着买好的东西走出门时，正好能撞上赶来的警察吧。

“医生是觉得我被警察抓起来更好吗？要是我全都招了，他打算怎么办？”

我刚说完，就意识到医生这样做不仅可以限制我的人身自由，还能用家人的安危来要挟我，甚至还可能在警察局中安插杀手。

这样确实能压制我的反抗。

我走出店门，只见两个身穿制服的警察迎面走了过来。

“请等一下。”警察的例行询问开始了，“你刚才在干什么？”

“我在那家渔具店转了一会儿，不过没看见什么喜欢的。”我故意装傻。

我不知道自己看起来像不像爱去钓鱼的人。警察看了我一会儿，又问道：“你带的东西能打开看看吗？”

“当然可以。”我主动打开了行李袋和钱包，随后问道，“我可以走了吗？”

警察竟干脆地让开了。

这两个警察十有八九是接到了渔具店老板的通知后赶过来的，很可能也没想到我并不是一般人。要是例行询问的时候发现我非法持有枪械则单说，但如果没出现什么情况，他们恐怕也不会采取强制措施。当然，一旦对方动用武力，我也会奉陪到底。好在这次只是虚惊一场，我得以顺利离开。

我感觉自己在被步步紧逼。

壱

公园宽阔的草坪上，大辉正低着头蹒跚学步。他的重心还有些不稳，仿佛随时都可能摔跟头。我好几次想伸手去扶，茉优好像看穿了我的心思，对我说道："摔倒前就去扶他可不好哦。"我也只得作罢。茉优又继续说道："我也不想让孩子摔着，可又不能一辈子都守着他……"

人生在世，栽几个跟头是不可避免的，所以，不如教会孩子在摔倒之后如何爬起来。这个道理我心里很明白，但从情感上来说，我希望能永远守护着儿子。无论大辉做什么，在我看来都很危险。

"总有一天，他要学会一个人生活。"茉优似乎也在说给她自己听，"不过，这一天还很遥远啊。"

我点了点头。其实我知道，这一天并不遥远。

我小的时候，父亲可能也有过同样的想法吧。

"克巳，你和爸长得真像。"

"嗯？怎么突然说这个？"

"因为最近经常说起他的事嘛，所以我就想再多了解一些。前阵子我还让妈给我发了几张以前的照片。我发现你和爸真是太像了。"

"像一个模子刻出来的？不过以前可没人这么说，他们都说我长得像我老妈。"

这时，我的电话忽然响了。好不容易周末有时间能陪家人悠闲地逛逛公园，谁会在这个时候打来电话呢？我一看来电显示，原来是之前那个医生打来的。我按下接听键，只听对方几乎连招呼都没打，直截了当地问道："你还没查出来是哪儿的钥匙吗？"

事已至此，我也不得不起了防备之心。为什么这个医生会对父亲的事如此执着？虽说是我先主动去找了他，但他一开始不是毫不在意地说不记得以前的患者了吗？结果现在却连周末都要打电话来问，难道这把钥匙对他来说就那么重要吗？

“还没有。让你费心了，实在不好意思。”我是在委婉地告诉医生“你有点操心过度了”，他却依然像一台仅能理解字面意思的电脑一般回答道：“没有，也不算是费心。”

茉优略显担心地望向了我。这时，大辉没走稳，摔在了地上。茉优发出“啊”的一声，赶忙跑了过去。

“要是有什么发现，我会再跟你联系，不好意思。”我不管医生还想再说什么，立刻挂断了电话，急忙跑到大辉身边。摔了一跤的大辉似乎吓了一跳，但好像又觉得很有趣的样子，自顾自地翻起跟头来。孩子其实远比父母想象得坚强，而那些小看了孩子的人，正是身为父母的我们。

草坪上细弱的小草仿佛动物柔顺的毛，随风摇曳。我们就像坐在怪兽的背上。正想着，我突然觉得蜷在身下的怪兽好像伸展出四肢，站了起来。就是这头我从未见过的怪兽，在守护着坐在它背上的我们啊。这时，我发现怪兽的长相竟然与父亲一模一样。

“你笑什么？”看到茉优诧异的表情，我才意识到自己不自觉地笑了。

“我刚才想到了一头可怕的怪兽。”

听了我的回答，茉优不解地歪头看着我。

当天傍晚，我在洗衣店取衣服时，手机又响了。我本以为还是医生打来的，接听后却传来一个爽朗的声音："我查出来了！让你久等了，我终于知道你给我的那把钥匙是哪间公寓房间的了！"

原来是锁匠。

不知道是不是因为太有成就感了，他的声音听起来有些激动。我在洗衣店里也跟着高兴地喊道："太好了！"他还说，这就用邮件的形式将具体情况告诉我。

"是有什么喜事吗？"洗衣店老板从里间走出来时问道。只见他将洗干净的西装叠好，装进了袋子。

"也说不上是喜事。"我本想告诉他我可能就要查清父亲的秘密了，但话到嘴边又咽了回去。既然是秘密，便没有暴露的必要。我心里多少还是有些负罪感的，但事到如今也只能硬着头皮继续往下查了。

晚上儿子睡着后，我告诉茉优那把钥匙是用来打开某间公寓房间的。

"我朋友的爸爸过世以后，在他的房间里找出了一堆女高中生的校服。这也不算什么违法的事，不过是单纯地喜欢收集这些东西而已。"听了我的话，茉优说道。

"可能只是拿来欣赏吧。"

"说不定还穿过呢。不过确实挺让人意外的。我也真是的，明明是我鼓励你去查爸的事，怎么突然又说这些呢？"

"我明白你的意思。"既然要打开那扇尘封的大门，就必须要做好思想准备。

“你也做好思想准备吧，里面也许有爸不为人知的一面。而且妈还不知道这件事吧？有些东西还是不知道比较好……”

前几天，我给母亲打了个电话，婉转地提到了公寓所在的地点，想借此确认一下那里是不是真的与父亲有什么渊源，但母亲毫无察觉。

“嗯，是啊。”我并没有把这件事想得那么严重。就算父亲真有奇怪的癖好，我最多就是有些吃惊，但还是会理解的。即便在公寓里找到了许多痛骂母亲的泄愤笔记，我也可以欣然接受。毕竟，每个人都需要发泄。

克巳，只敢在老婆背后说她坏话的，并不是真正的妻管严——我耳边仿佛传来了父亲说话的声音。

为了让茉优安心，我说道：“我老爸要是在那儿放了具尸体，那可够吓人的。”还能开这样的玩笑，说明我还是相当乐观的。

“那把钥匙会不会只是爸捡的？”茉优说道。

“你是说他捡回来之后就放到屋里了？”

“我就是有这种感觉。”

也不是不可能。“不过都到这一步了，我还是希望能查个水落石出。”

我试着在网上查了一下那栋公寓现在的情况，发现正好还有二手房在售。我给房地产中介打去电话，胡编乱造了一大堆连我自己都听不下去的谎话之后，终于打听到了公寓管理员的电话。

我本就打算去公寓看看，不过我想先弄清楚一些事。

电话那头的管理员口齿伶俐。“什么事？”不知道是他太自来熟还是太不讲究，说起话来显得有些粗鲁。

和刚才给房地产中介打电话不同，我觉得与其胡编乱造出那些蹩脚的谎话，不如直接将实情告诉对方。于是我解释道：“十年前我爸过世了，他留下了一把公寓的钥匙。”我料想对方肯定会惊讶地反问“你说什么呢”，但事实与我的预想恰恰相反。

“啊，他已经不在了吗？怪不得我再没见过他。”

“您认识我爸吗？”我赶紧追问道。

“他的房子就是我卖给他的啊。当时他挺着急的，”管理员答道，“不过从那以后我就再也没见过他了。”

“您是说再也没见过？”

“是啊，没见过。”

“也就是说，他没付租金？”

“本来也不是租，是买。”

“那贷款呢？”

“他付了全款。”

“我爸是付了全款买的公寓？”

老爸怎么会有那么多钱？而且还瞒着老妈？他的钱是从哪儿来的？难道老爸的秘密与这笔巨款有关？我心跳加速。我将要走进的地方，可能比预想的更深不可测。虽说那里很像是一处隐蔽的洞穴，但我一直觉得也就和钟乳石洞差不多。事到如今，我才意识到那个隐蔽的洞穴里可能一片漆黑，我一进去便会跌入万丈深渊，毫无生还的机会。

“我能去看看房子吗？”

“你要是拿着钥匙开了门，我肯定也不会拦你。毕竟那是你爸买的。”

“那就……”事不宜迟，我想今天就去，下午的班请个假就行。

“啊，”过了一会儿，管理员又说，“不行。”

“不行？”

“不能看，你爸特意交代过。他跟我说，要是有人想进去，必须要拦下来，特别是家里人，更是绝对不行，因为不想让人看到里面的东西。”

“这是我爸说的？”

“嗯，我们约定好的。”

“十年前的约定应该已经不作数了吧？”

“我可是很守规矩的，尤其在这方面。”

那就没办法了啊——事已至此，我不可能轻易放弃。“今天傍晚我就过去。”我的态度强硬起来。

“他说了绝对要对家人保密，我也不能违背他的意思吧？”

“但现在已经不是秘密了啊。”对，既然我已经知道了这栋公寓，那就不可能置若罔闻。

我在公司里坐立难安，不停地猜测着父亲到底在房间里藏了些什么，感觉就像在等待综合体检的检查结果一般，悲观和乐观的波浪交迭而至。

吃完午饭——其实也就是啃了个面包，我便直奔公寓。

换乘电车后，我踏上了从未走过的小路，总觉得似乎有人在盯着我。环顾四周也不会有我认识的人，我不禁觉得看着我的是天上的父亲。“喂、喂，”我眼前浮现出父亲的脸庞，他似乎在焦急地对我说，“拜托，你别管这件事了好不好？”

无论发现了什么不好的东西，我都不会告诉老妈的。

公寓的位置找起来还算顺利。那栋建筑不大，在一条老街上。但也许是因为外观设计得很简单，给人一种清爽的感觉，采光也不差。

“选在这里金屋藏娇还不错吧？”我似乎听到父亲在对我说。如果事情果真如此，是不是也意味着父亲的那个情人现在还住在里面呢？

这不可能，我暗暗松了口气。不过，就算不是父亲的情人，也可能是和父亲关系很亲密的人吧？

我的祖父祖母很早就过世了，连母亲都没有见过他们。难道他们还在世？虽然这么说有些没礼貌，但不能排除这种可能。这样一来，那个公寓管理员见过他们也不足为奇。

老爸该不会是把什么人关在里面了吧？我脑海中突然闪现出了这个可怕的念头。这时，背后传来一个声音：“就是这栋公寓吗？”

我转过头。大概是因为我只见过他在诊所身穿白大褂的样子，突然在外面穿着夹克向我走来，我一时间竟没认出他就是那个医生。

今天，我就要给这件事画上一个句号了。我边想边吃着早饭。甜食最能缓解精神上的压力，我便打开冰箱，找出了一个布丁。我原本很不喜欢吃甜食，但在妻子的推荐下，渐渐爱吃了起来。甜食真是了不起的东西。

妻子正在洗衣机那边忙着什么，我觉得直接跑去问她能不能吃个布丁好像会打扰她，便自作主张地打开了盖子，静静品尝起来。这时，儿子从二楼走下来，一脸睡意地朝我打了个招呼，然后望向我的手。“对了，”他指着布丁说道，“那个好像是老妈要吃的。”

我慌忙停下了嘴上的动作，可惜盖子已经扔了，东西也吃进了肚子，一切都晚了。“难吃。不，布丁还是很美味的……”[1]

“没这么严重吧？”克巳向我投来同情的目光。

“很严重。一会儿我再去买一个吧。”

与其找些拙劣的借口蒙混过关，装作什么事情都没发生的样子才更高明。想到这里，我将剩下的布丁一股脑倒进嘴里，顺便还将塑料包装盒洗得干干净净。

“老爸，那个布丁的包装盒就扔到我屋里吧。”

“哎？”

---

①“难吃”一词在日语中还有“糟了”的意思，此处为一语双关。

“你不想让老妈发现吧？所以还是把盒子塞到我房间的垃圾袋里吧。”

多么令人感激的提议啊。我感动地把空盒递给了儿子。

“老爸，你这么怕老妈，以后可怎么办啊？”

“什么意思？突然说这个。”我本想反驳儿子“我什么时候怕过老婆”，但又觉得这句话听上去实在太假，就没说出口。

“很久以前我就想问你了。”克巳笑着说，“如果能重活一遍，老爸你是不是就不会和老妈结婚了？”

“你这是什么问题啊？”洗衣机旁的妻子应该没听到我和儿子的对话吧？

“我觉得你现在肯定特别后悔。”

我一下子愣住了，但我并不是在装傻，而是真的不明白儿子到底想说什么。片刻后，我才理解了他的意思，随即答道：“就算重活一遍，我还是希望像现在一样。”

“那你还是会和老妈结婚？”

我甚至觉得没有点头的必要，直接说道：“然后再生下你。不然怎么会幸福呢？”

“啊，然后你就又过上了害怕老妈的日子？”

我不由得笑出了声。“在你看来，我可能就是这样的吧？”

“别的我也没看出来啊。”

“不过，”我知道儿子不会理解我的意思，但还是继续说道，“美好的事情还是有过很多的。”

要用“有过”这种过去时的说法来说那些美好的事情，我自己也感到很吃惊，但同时，我又想起了迄今为止自己作为一个职业杀手做过的许多工作。对于这样的我来说，有资格拥有那些“美好的事情”吗？

那么，我应该怎么做？

出门前，怎么处理刚买下的公寓的钥匙，让我有些苦恼。

昨天，管理员给我拿来了钥匙，并告诉我“要想立刻入住，可以先把钥匙拿走”，而且为了方便房子随时卖出，他已经把玄关的门锁换成了新的。我思索了一会儿，决定将备用钥匙留在家里。如果随便找个地方藏起来，可能会被妻子发现，如此想来，就只剩下那个号称“自己的房间”的储藏间了。于是，我把钥匙放进纸袋，藏了起来。袋子里还有几个笔记本，上面记录着我在与妻子的日常交流中学到的经验，这自然是不能让妻子发现的东西。我还会不定期地更新上面的内容，这仿佛已经成了我一生的事业。我无法舍弃这几个笔记本，便将它们藏在了置于储藏间深处的纸袋中。保险起见，我还搬来了一个妻子拿不动的大纸箱，挡在了袋子前面。

“一大早你就乒乒乓乓的，干什么呢？”我刚藏好钥匙，就传来了妻子的声音。我立刻道歉，将储藏间恢复了原样。

随后，我匆匆忙忙地出了家门，装出一副赶去上班的样子，其实是为置办公寓要用的东西而四处奔忙。想着只买些生活必需品就可以了，我便挑了窗帘和几把样式简单的椅子，没时间等卖家送货上门，叫了辆出租车直接运回了公寓。此外，我还从仓库里拉来了一些东西，将房间大致布置了一番。等我忙完，已经过了中午。

我锁好门，乘电梯下到了一楼，走到公寓大堂时碰上了管理员。他依然是那副宝刀未老的样子。“是你啊，怎么样了？”

“我正往里搬东西呢。”

“搬那些不想让家里人看到的东西吗？”

我点了点头。事实也确实如此。银行的手续同样已经办妥，每个月的管理费等一系列支出都会从指定的账户直接扣除。这个账户自然也是家人不知道的。“对了，房子里的东西你绝对不能让他们看到啊。”这句话一半是玩笑，一半则是认真的叮嘱。

“我？那是你的房子，我操什么心啊！这栋公寓里有好多住户我都不知道，几年没见了，我都怀疑他们是不是已经死在屋里了。”

“你还是稍微注意一下吧。”

“是吗？”管理员皱起了眉头，“你当过管理员吗？”

“啊？”

“管理也是要有限度的。全部都要过问的话，一是忙不过来，二是精神上也撑不住。我这双眼睛能看到的东西已经多得应付不过来了，看不到的地方还让我注意，你觉得这可能吗？”管理员滔滔不绝地讲起了他的“管理之道”。

我不太明白他的意思，但还是表示了认同。

“所以你要是有什么事不想被人发现，就在我看不见的地方做。”

“好的。”我正准备转身离开，突然想起了一件事，“如果是我家人过来……”

“那你的秘密就暴露了？”

“我当然不希望那样。”我耸了耸肩，“你也绝对不要让他们进去。”

“绝对吗？”

“绝对。”

“要是进去了会怎么样？”

我不知道该如何回答，最后只说了一句“那就无可挽回了”，便走出了公寓大堂。

我与医生约定的见面地点，离公寓大概只有五百米。那里是一个公园，公园的大门附近有一座钟楼。夜幕降临，钟楼外华灯初上，公园里便会跟着热闹起来，白天不亮灯时则很冷清。我告诉医生在钟楼下碰面。

原本医生是不会离开诊所的，而且我一开始得到的回复也确实只是对方冷冰冰的一句“我不出诊”，但我丝毫没有让步的意思：“事到如今，我也不可能蠢到去诊所找你，太危险了。我没说错吧？所以我们只能在外边见面了。”我甚至提到了前段时间打车回去时翻车的事情。总之，我一直在警告医生，如果在钟楼下见不到他，就会将手上的秘密公之于众。最后，我指定了见面的时间和地点，并威胁道“来不来你自己看着办”，随后挂断了电话。

“他会来吗？”昨天，槿在电话里冷漠地问我。

“可能吧。”

“只是可能你就来找我了吗？”

“钱我会先付的。就算医生没来，你也不用还我。”

“哦。”槿淡漠地应了一声。

我不禁开始怀疑，也许这个世界上并没有什么推手，我只是在和鬼魂说话。

既值得信任，又让人生疑，真是一个奇怪的杀手。

我正朝钟楼走，看见三个初中生模样的人围住了一个比他们年纪小的少年。

我还有一大堆事要做，怎么偏偏在这个时候遇上这种麻烦呢？我本该视而不见，但当发现那几个年纪稍大的人明显人多体壮，对少年很不公平时，还是忍不住喊道：“喂！你们干什么呢？”

三个初中生模样的人朝我望了过来，一副“要你多管闲事”的样子。

“这也太不公平了吧？你们有三个人，他就一个人。”

三个初中生一脸厌烦，仿佛在说“不公平又怎样？吵死了”，却依然遮不住他们脸上的稚气。“少管闲事吧，大叔。”其中一个初中生说道。

“我和这个小学生一伙儿，怎么样？”

“什么？”

“这样就公平了啊。不，这样的话可能就是我们这边太有优势了。那你们还是用武器吧，现在有吗？”

三个初中生面面相觑，随后，其中一人将手伸进了口袋。

“你们有刀吗？没有我可以借给你们。不过，那样我可就要来真的了。你们要是拿了家伙，我也没有理由手下留情。”

我是没时间在这里和他们纠缠的，但看到有人欺负弱小并引以为傲，我总是感到十足的厌恶，根本无法视而不见。

最后，那几个初中生就这样跑了。小学生怔怔地望着我，让我觉得有些尴尬，但又不好意思直接离开。我掏了掏口袋，找出一粒糖果，是前几天跑业务时客户送给我的。“吃了这个就不怕了。”我将糖果递给他，“小时候可能也会遇到很多辛苦的事，不过要加油哦。”

我不禁想起了幼年时的克巳。

“可是，我没有朋友……”少年低声说道。

“我也没有啊，”我回答道，“但是我现在每天都很幸福，日子过得很不错。”

少年显得有些胆怯，可能是我说得太多了吧。说完，我便离开了那里。

现在，我站在了钟楼下。

不管医生用什么交通方式，只要他来这个公园的钟楼，就必须穿过对面的马路。那么，他也一定会走人行横道，再加上这里来往的车辆很多，应该非常适合推手完成工作。

此后，如果医生依然出现在了我面前，那就意味着推手的工作没有顺利完成。反之，要是我收到了槿发来的收工消息，或是马路上发生了车祸之类的骚动，则说明我赢了。

我静静地等待着最终结果。

是吉是凶？应该各占一半吧。但结果完全颠覆了我的预期。出现在眼前的，是我从未想到过的局面。也许，这次的填字游戏不只有横行纵列。

一个男人正往这边走。因为不是医生，我起初并没有在意，但那人径直冲我走了过来。待看清男人的相貌，我觉得似曾相识，不禁陷入了回忆。

男人痛苦地皱着眉，站在了我面前。此时，我终于想起来了。前些日子，我们才刚在百货商场里见过。

“事情变成这样，我真的很抱歉。”奈野村说道。

这一瞬间，我知道自己的计划无法顺利进行了。

克巳 兜

医生没有向我解释他为什么会出现在这里，又是怎么知道这个地方的，只是说道：“看来，你真的很想知道你父亲的事啊。”

难道我被跟踪了？不会吧？那我又为什么会在这里突然碰到

医生？

“今天诊所不上班吗？”我问了一个无关紧要的问题。

医生没有作答，只是朝我走近。他微微伸出右手，我以为他要在这里为我听诊，不由得有些慌乱。但我仔细一看，发现那个看上去很像听诊器的东西居然是一把手枪！我不禁怀疑自己的眼睛出了问题。

这是玩具吗？应该不是真枪吧？

这时，医生将那东西顶在了我的腰上。“去那栋公寓。”

我背上的汗毛顿时倒竖起来，一阵寒意窜过全身。

是真枪吗？

我不太理解现在的状况。

为什么会有手枪？医生为什么要这么做？

周遭的情景突然变得一片惨白，我觉得大脑仿佛被人抽空了。

这不是现实，我默默地祈祷，拼命麻痹着自己的感官，甚至连脚踩在地上的感觉都消失了。

可惜事与愿违，一切还在继续。我就像大富翁游戏里的棋子，被一只从天而降的大手一把抓起，在棋盘上移动。

等我回过神来，我们已经走进了公寓。我问了管理员房号，但不知道自己是怎么乘上的电梯，在不知不觉间上了楼。

“哪间房间？”医生拿着手枪抵在我身后，语气里听不出一丝情感，我很想回头看看他现在的表情。“请往前走。”医生的话像冰冷的铁板一般朝我撞来。

出了电梯，门口的走廊向左右延伸开来，我一时间也不知道该往哪边走。在确认了房间的顺序后，我向右走去。

“可能会有住户路过。你拿着这么危险的东西，让人看见了不太好吧？”我试着说了一句。

医生一言不发。

“你为什么这么在意我爸的事？”

仍然没有回应。

老爸，我不禁想抬起头仰望外面的天空，这到底是怎么回事？

奈野村站在我面前，缓缓闭上了眼睛，仿佛在赎罪与祈祷。

按照他的要求，我们走进附近的一栋办公大楼，乘电梯来到了顶层，然后沿逃生楼梯继续往上，最后到了平时不能上去的天台。

天空万里无云，真让人心旷神怡。

我突然感到抱歉。那些死在我手上的人，有的在狭小房间里结束一生，有的在瓢泼大雨中一命呜呼，还有很多人甚至都没察觉到死期将至。

如此想来，我现在的处境还算不错，哪怕被人说成是优待也不足为奇。

“没想到我们还会再见。”我说道。这是我的真心话，但在奈野村听来恐怕是讥讽。

“对不起。”奈野村还没有亮出武器，不过应该已经藏在身上了。

“不，这不是你的错。”

“上次真的谢谢你了。”

“什么？”

“自动售货机里的零钱……”

“啊。”

“真是帮了我的大忙。”

在钟楼下见面时，奈野村直截了当地告诉我：“我别无选择，不然我儿子的命就……”

我已经明白了一切。医生委托了奈野村来杀我。对于本就打算退出杀手界的奈野村来说，自然没有高高兴兴地接下这项委托的理由，因此医生肯定需要一个能让他乖乖就范的筹码——他儿子的性命。看来，他儿子已经被医生抓起来了。

此外，奈野村的衣领上还别着一个麦克风。我们之间的谈话，医生恐怕听得一清二楚，这样应该也能防止我与奈野村密谋反击。

不知什么时候，奈野村朝我举起了手枪。他走到我旁边，一边不停地道歉，一边对我搜身，将我身上的物品悉数掏了出来。

公寓的钥匙也在其中。

“这是——”我正要解释，奈野村却将钥匙扔了出去。他可能觉得这是一件钥匙形的武器吧。我确实见过类似的小型炸弹，还是小心为妙。

望着钥匙消失的方向，我感到自己能做的选择正在被人一个又一个地夺走。

“三宅，你到底是怎么打算的？”奈野村问我。这话倒像是在将棋或围棋比赛结束后复盘时说的。

“我是想把医生叫到外面，然后让人把他推到马路上撞死。”

不知道奈野村是否认识推手，只见他只是略显同情地耸了耸肩，对我说：“他就算来，也不会一个人。”

医生疑心极重，又顾虑太多，去外面肯定会带着不少保镖同行，但我觉得推手一定有办法解决，便赌了一把。没想到连赌局谁输谁赢都谈不上，医生压根儿没有出现。

“盛者必衰，他也就现在能找到保镖了。”我故意说给监听着麦克风的医生，“等他落魄了，只能自己一个人来干这些事喽。”

奈野村一脸同情的样子，对我说道：“再过五年，他应该也没问题的。”

“那我就五年之后再试一次吧，”我笑了起来，“你觉得行吗？”

“对不起，三宅。”

我觉得枪口好像一下子对准了我。

不用道歉，毕竟我也做过很多很多次相同的事。

我回想起刚才对那几个初中生说的话：“这也太不公平了吧？”我夺走过那么多人的性命，却只想着自己的人生能一直安稳、幸福，实在太不公平了。我今天会经历这些，只不过是因果报应。

医生跟在我身后，表情比刚开始见面时那种机器般的冰冷柔和了一些，看上去老了不少，也许是因为没有穿诊所里的那件白大褂。

医生好像在自言自语。我仔细一听，他竟是在叹息："我已经落魄了，没想到我也有不得不一个人出来的一天。"

你说什么？我正想问，只听医生说道："你快点往前走。"

这个医生是不是被什么东西附身了啊？难道是他出现幻觉了？

走廊尽头便是父亲那把钥匙所对应的房间。我来到门前，突然觉得房门好像变大了。那扇门仿佛是士兵的盾牌，牢牢地挡在了我面前。

老爸的秘密就在其中吗？

"请把门打开。"医生说道。

我从口袋里掏出钥匙，钥匙却掉在了地上。我不是故意的，我也想尽快恢复冷静，但手脚依然抖个不停。我赶忙俯身去捡，可好像怎么也捡不起来。"嗯……"我突然想到了什么，便问医生，"我爸死的时候，你知道吗？"

"不知道。"医生面无表情地答道。

"我觉得我爸不可能自杀。"

医生死死地盯着我，似乎想看穿我的内心。"为什么？"

"因为这不像我爸。"

医生的表情似乎不像刚才那么僵硬了。我不知道他是觉得好笑还是正在生气，但可以确定的是，他并不喜欢我父亲。“你觉得你对他了解多少？”

“什么意思？”

医生没有回答。

“我爸死的时候你知道吗？他是不是给我和我妈留下了什么话？”我追问道。我这才意识到自己在寻求什么。十年来，我一直在寻找父亲留下的东西。

“你父亲，”医生的表情依旧如能乐面具一般，“当时很害怕。”

“很害怕？”

“他怕死。”医生明显不屑地哼了一声。

“啊？”我不禁抬高了声音。看来，医生的话并不可信。“你不要骗人。”

“死是很恐怖的。人死了，一切也就消失了。你父亲自然也会害怕。”

“不会的。”这一点我可以肯定。“在这个世界上，我爸最怕的是……”

“是什么？”

“是我妈。”我知道这个时候本该笑出声来，但泪水却浸湿了眼眶。

“你不用开枪，我自己会死。”我朝奈野村举起了双手，“我会跳下去，然后一切就结束了。”天台四周装有围栏，但有几处已破了很大的窟窿，应该可以从那里跳下去吧。“只要我死了，问题就解决了，所以你根本不用开枪。”我向围栏走去，“说实话，我很愧疚。我知道自己的罪行不可饶恕，毕竟我杀了那么多人……这么说也许挺荒唐的，但我真的死不足惜。”

“要是这么说，我也……”

“不，奈野村，你要好好活着。”我这番话没什么逻辑，却是心里的真实想法。“就在刚才你出现的那一瞬间，我就知道自己应该如何选择了。喂，这样一切就结束了，你懂我的意思吧？”最后这句话，我是对着麦克风说给医生听的。接着，我叹了口气，继续说道：“真是的，作战计划也不过是画了个饼啊。”

“你还准备了什么其他对策吗？”

“那也还是在画饼啊。”

我掀起破损的围栏，钻到了外侧。站在天台边缘，低下头便能毫无阻碍地看到下方的街道，眼前是一望无际的蓝天，如大海一般张开着怀抱。

颜色真美啊。

“喂……”奈野村站在我身后，已经收起了枪。太天真了，我不禁想笑，要是我这个时候出手反击，他打算怎么办呢？不过，他的这份善意足以说明他比我更像个好人。“你有什么话要留给家人吗？”奈野村问道。

“留给家人？”

“嗯。有的话我帮你转达。”奈野村的表情看上去很认真。

我想了片刻，答道："你告诉他们，不管什么时候，我都会守护着他们。虽然他们可能看不到我，也听不见我的声音，但我还是会一直守护着他们、呼唤着他们。"

"好的。"

"不，还是算了吧。"我摇了摇头。死在我手上的人都没能给他们的家人留下只言片语，我又有什么资格被赋予这样的特权呢？"不用带话了。"

这样结束倒也不坏，我真的是这样认为的。我不能看到克巳的未来的确有些可惜，但我本来也不可能永远陪他生活下去。

如果非要说有什么不满，不能对医生报一箭之仇，让我感到很遗憾。不过，这也是没有办法的事，毕竟胜负已定。

死亡并不恐怖，但一想到我要是死了，妻子可能会生气，我就有点害怕。

我纵身一跃，飘在了半空，脑海中满是妻子和儿子的身影，甚至觉得时间都在一瞬间静止了。我的身体不断坠落，很快就会狠狠撞到地上，与灵魂一同碎裂。在飞速下落时，我眼前不断闪现出与家人在一起时的美好回忆，心中充满温暖。

我捡起钥匙时，走廊对面突然出现了一个老人。"啊，你就是刚刚打来电话的那个小伙子吧？"说着，老人朝着我走了过来。

"您就是管理员吗？"

老人似乎正在巡逻。站在我身旁的医生见状闪到一旁，迅速把枪藏到了身后。他可能想避免不必要的麻烦，不过万一出现了什么突发情况，他肯定也会开枪。“我们想进去看看。”医生说道。

“哦，是吗？请便。我这人不愿意干涉别人的个人隐私，你们随意。”

“好的。”医生向我使了个眼色。

就在我将手伸向钥匙孔时，只听管理员说道：“啊，对了，不行，不行。”

“啊？”

“我在电话里也说了，这间房间是绝对不能让房主的家里人进去的。”管理员摆了摆手，看上去像要求比赛中断的裁判，“都说好了的，我差点违背了约定。我真是老了，最近记性越来越差了。”

医生一副不慌不忙的样子，看着管理员说道：“人都死了，还有什么约定可言。”

“就算死了，约定也是约定。而且当时他还说，如果被家里人看到，那就无可挽回了。”

听了管理员的话，我更加坚信父亲不为人知的秘密就在这个屋子里。

不要打开——我耳边似乎传来了老爸严肃的声音。既然老爸都已经说到这个地步了，我便向后退了几步。

医生却显然不打算放弃，似乎要说：“我又不是他的家人，我来开不就行了吗？”他一把夺走我手里的钥匙，插进了锁孔。

可能是十年来一直都没有打开过的缘故，门锁有些生锈，不断发出嘎吱嘎吱的声响。此时，我也无法出言阻止了。

医生握住把手，缓缓打开了房门。我突然觉得他像是要践踏父亲生前的遗愿一样，一阵强烈的厌恶感涌上心头。因为在我看来，他正是在强行撬开父亲想要隐藏的秘密。

“住手！”我刚喊出口，就听到一阵剧烈的声响，耳边仿佛还传来了嗖的一声，听上去像风声。

事情就发生在一眨眼的工夫。

我感到了剧烈的震动，仿佛一只巨大的手重重地砸在公寓的墙上。与此同时，门口的医生被击飞，后背狠狠地撞上了走廊的栏杆。

我眨了眨眼。

只见医生双目圆睁，口吐白沫，嘴唇还在微微蠕动，但显然已命不久矣。有什么东西插在他的胸口。为什么房间里会突然飞出一支箭，刺穿了医生的胸口？我一时无法理解。

管理员显然也吓了一大跳，但比我还是要镇定许多。“这又是怎么回事啊？”他边说边压低身体，提防着随时可能射出的箭，小心翼翼地朝门里走去。“刚才是谁在里面放箭啊？”

"太危险了，您还是别过去了。"我劝道。不过管理员好像并没有把我的话放在心上，无奈之下，我只得硬着头皮跟了上去。我不敢直接看医生的死状，但只用余光一瞥，也能看出他已经没了气息。

房间里空荡荡的，既没有家具也没有行李，只挂着几幅窗帘。从玄关直穿过走廊，尽头的那间屋子里摆放着几把椅子，上面还放着一个看起来像是大型弓弩与枪组合在一起的装置。

"这是什么啊？弓弩吗？"管理员站在一旁，伸出手来缓缓地摸了一下。

弓弩？这个名字我并不陌生，但实物还是第一次见到。我只有一种在看儿子的变身玩具的感觉。我回头望向玄关。果然，弓弩上的箭直直地对准房间的大门，下面还垂着一根长长的绳子。

"这样一来，门一打开就会自动触发机关吗？"管理员颇为佩服地说道，"真了不起啊，这是你爸自己设计的吗？"

我自然不知道答案。是吗？这是老爸做的？他为什么要做这个？在此之前，我从未觉得他能做出这样的东西。

大脑似乎更加混乱不堪了，好像有巨浪在一波一波地拍打着我的脑袋，而一个男人的到来更是让我觉得自己陷入了幻境。

"这里吗？就是这里吗？"走进来的是洗衣店老板。

我感觉自己就像在做梦，一个完全没有逻辑的梦。

为什么他会出现在这里？是来送洗好的衣物吗？我只能这样认为了。

“啊……”我不知道接下来应该说些什么。

“定位虽然能帮我找到目标建筑在哪儿，却不能告诉我具体是在几楼，所以我只能从一楼开始一层层地往上找，终于找到你了。”洗衣店老板说道。

“定位？”我真的不知道他在说些什么。

“说来话长。”洗衣店老板挠了挠头。

“不知道我现在还能不能听你说完。”我来回望着椅子上的弓弩和倒在走廊里的医生，就像在茫然地望着天上的云朵。

洗衣店老板走出房间，将医生的尸体拖了进来。“要是被人看见就麻烦了，还是先放在这儿吧。”

管理员显然有些不悦，但还是对我说道：“这是你爸的房间，随便你吧。”

“你的西装上安装了信号发射器。”洗衣店老板指着我的衣服说。

我自然听不懂这是什么意思。“西装上？”

“对，里面缝入了一个可以定位的信号发射器。”

“不，没有这种东西。”就算大减价，我也不会买这种东西。

“有。前段时间我把衣服还给你的时候特意安上去的，以前的衣服也都安了。”

我一时间无言以对。

这种事也可以吗？难道是店里的特殊服务？我脑海中涌出了很多疑问，但觉得问哪个都不太对，只好选择了沉默。我将西装里里外外摸了个遍，却没有发现那东西到底缝在了哪里。

“不好意思，是我自作主张了。”

他果然自作主张地耍了我一回。“原因呢？你为什么要做这种事？”

洗衣店老板无力地笑了笑。“因为你父亲是我的恩人，也是我儿子的恩人。”

“哎？”恩人？这和在衣服上动手脚有什么关系？

“正是为了保护我和我的儿子，你父亲才会死。”

“才会死？等等，我完全听不懂你的意思。”我觉得自己很狼狈。对方像是一下子抛来了一个极为重要的东西，我知道必须要赶快接住才行，却又不知道应该怎么接。

“所以，我觉得至少应该替他保护你。”

“保护我？”等一下！我连连摆手，希望他能够倒回去再说一遍。“所以你就在我的衣服上动了手脚？这算不算是在监视我？”

“没这么严重。”洗衣店老板的眼眶微微有些泛红，“这个医生找上门来肯定没有好事，所以我就起了戒心。本来应该是我自己动手的，但医生早已对我有所防备，所以我无法下手。”

“什么下手？什么防备？你到底在说什么？”

“今天有人联系我，说医生难得地出了诊所，我便觉得要出事了，就查了一下你的位置，来到了这里。刚才我说过，定位不能告诉我具体是在几楼，所以我只能从一楼开始找。”

“那这个到底是……”我指了指弓弩。比起西装上动的手脚，这东西显然更让我难以接受。不，我应该问他：现在医生都已经死了，你是不是应该表现得更加慌乱才对？

“这个……”洗衣店老板紧盯着弓弩，“我也不太清楚。但是……”

“什么？”

“这应该是你父亲准备的……其他对策吧。”洗衣店老板小声说道，“不是在画饼，而是真正的饼。”

饼？

“那我爸……”到底是干什么的？设置弓弩也不是一般人能做到的吧？

“为了报一箭之仇。”就在洗衣店老板说完这句话的瞬间，我突然想起父亲曾讲过的“螳臂当车”的故事。螳螂在面对比它体形大的对手时，会举起斧头似的前臂，挑战对方。可这不是用来形容无力的抵抗吗？当时不知道是我还是父亲，还提到“偶尔也要奋力一击呢”。

“也就是说，这个机关已经在这里放了十年了？”管理员问道。

“恐怕是的。”

“啊，那真是了不起。”管理员感叹着，又摸了摸弓弩，“一直都没有松动呢。不过要是这栋公寓翻修，他打算怎么办？”

“或许连他自己也没想到十年后会派上用场吧。”洗衣店老板说道。

“你们到底在说什么啊？”我瘫坐在地，感觉腰部以下的力气似乎全都被地板吸走了，我甚至担心是不是这样就再也站不起来了。

过了一会儿，洗衣店老板表情严肃地说道：“我有一个请求。剩下的就请交给我。”

“交给你？”我问道。

管理员闻言，也皱起了眉头。“‘交给你’是什么意思？”

“全部。”

“全部？”

“我会让这具尸体消失，今天发生在这里的事，我全部都会处理干净，就交给我吧。”

“就当作什么都没看见过一样，对吧？”管理员比我更先明白了洗衣店老板的意思。

“是的。”

管理员抱着胳膊，沉默了一会儿。很快，他耸了耸肩，说道：“反正我无所谓。不管屋里发生了什么，我都不会插手别人的个人隐私。”

这样也行吗？今天的事显然超出了个人隐私的范畴，为什么管理员还会如此轻易地让步呢？真的可以让步吗？

洗衣店老板并没有在意我的疑虑，向我们表达了感谢。我觉得他道谢并不合情理，但他还是低下头鞠了一躬，然后对管理员说道：“我不会给您添麻烦的，就请交给我吧。”

管理员则很是心满意足地答道："真是有意思啊，活了这么久，我也算是大开眼界了。"说着，他从屋子里走了出去，甚至有种神清气爽的感觉，也许是觉得事情已经彻底解决了。

这里可是死了人啊！就在你管理的这栋公寓里。为什么你还能如此冷静呢？

我不能接受，但隐约也有些明白了。这时候如果管理员要报警，洗衣店老板是不会同意的，反而会使出更加强硬的手段。洗衣店老板的"请求"背后，其实也暗含着强烈的恐吓之意。那并不是请求，而是威胁。管理员可能察觉到了这一点。看来，我也只能对洗衣店老板的请求表示接受了。

只剩下洗衣店老板和我两个人的时候，我听到他小声地说道："因为我一直都在做肮脏的工作……"

"什么？"

"我希望自己能做些干净的事。"

"什么意思？"

"所以我开了一家洗衣店，但又放心不下你，就把店开在了你家附近。"

"不好意思，我从刚才就一直有点发晕……这一切到底是怎么回事？"

洗衣店老板眯起了眼睛，皱纹的形状都显得温柔起来。"是你和你父亲……"

我和我老爸？

我正想问他到底想说什么，却发现他的表情渐渐扭曲，眼泪止不住地流了下来。我感到更加困惑了。

“是你和你父亲合力打倒了他。”

“打倒了他？”是说那个医生吗？为什么我们要打倒医生？

洗衣店老板号啕大哭起来，接着缓缓点了点头。“是你们父子合力，打倒了他。”

看到他痛哭流涕的样子，我有些不好意思打断他的情绪。但现在围绕在我身边的问题越来越多，我甚至已经被这些问题一圈又一圈地捆住，动弹不得。“我想问一下，我爸到底是什么人？”终于，我直截了当地问出了这个问题。

只见他的眼眶再一次湿润了。“你父亲是……”他停顿了一下，微微笑了笑。

“是什么？”

“你父亲，就是你父亲，仅此而已。”

“啊？”

“他只是一个好爸爸，不是吗？”

回家的路上，我依然觉得自己还没有从梦中清醒过来。我精神恍惚地走在地铁站的人群中，出了车站又骑自行车回到了家，路上没有遇到事故也真是幸运。

“请把这里发生过的事全都忘了。”洗衣店老板的声音还在我的耳畔回响，“忘了也没关系。”

“忘了？”

“不，你父亲的事不能忘。”洗衣店老板微微一笑，“其他乱七八糟的事还是不记得为好。”

父亲购买的公寓、死去的医生、开门时自动触发的弓弩机关、藏在西装里的小型信号发射器——虽然这些有违常理的怪事很难说忘就忘，但也许是我的大脑不愿意去接受这些匪夷所思的事，所以当我离家越来越近时，之前那些触动仿佛从身体里蒸发了一般，渐渐变得模糊起来。

洗衣店老板只对我说了和公寓相关的事。房子是父亲买下的，但我不知道每个月的管理费怎么支付。听了我的疑问，洗衣店老板表示这件事包在他身上。我不知该怎么回应他，只说如果发现父亲在银行有秘密账户，且账户上还有钱，麻烦全部捐出。

“我爸不是自杀吗？”终于，我想起来要问自己最想知道的事。

“不是。”

对方的回答比我想象中的更干脆，我一时有些不知所措。我追问原因，洗衣店老板只是含糊地表示父亲卷入了一场危机，但他也明确地告诉我：“你父亲是不可能自杀的。”

分别的时候，洗衣店老板道了一声“保重”。我明白，那家洗衣店不会再开门营业了。下次再去的时候，店门口或许就会贴上关门停业的通知了吧。[1]

我打开了自家的大门。就在推门的一瞬间，我脑海中再次闪过了公寓房间里飞出的那支箭。不过，现在自然不可能再发生那种事。如果说那支可怕的箭是让人生终结的凶器，那么现在出现在我面前的则是一道能让人生更加丰富多彩的光——儿子大辉兴高采烈地朝我跑来，抱住我的腿大喊着“爸爸回来了”。

“奶奶来了，奶奶。”

“哎？”

母亲正在客厅里。今天我刚查清楚父亲的事，还卷入了一场麻烦，让我感觉母亲在这个时候来到家里是有理由的。我问母亲怎么了，这时茉优从厨房里走了出来，说：“是我想听爸的故事了。”

“发短信太麻烦了，”母亲说道，“我还是直接过来跟茉优讲比较省事。”

嫌发短信麻烦，就直接跑到我家来了？这让我有点哭笑不得。也许是我心里的想法全都写在了脸上，只听母亲问道：“你怎么了？脸抽筋了？”

我脑海中浮现出了父亲的身影。“脸才没有抽筋呢，可能是上班太累了，腮帮子有点僵。”我看见父亲小心翼翼辩解的样子。

“他爸以前总是让我很为难。”母亲抱着大辉，对妻子说道。

我望向了父亲的牌位。老爸居然会让老妈为难？难道不是反过来才对吗？

①前文中出现的洗衣店店名“小油菜花”一词和“奈野村”的日语发音相近。

母亲自顾自地说起了往事，津津有味地讲了好多父亲当年的糗事。

“不过啊，”看母亲差不多快讲完了，我插话道，“老爸能一直迁就老妈你，我觉得很了不起。”我觉得父亲似乎就在身后，双手合十着对我说“就拜托你了，律师大人”，我不禁充满了使命感。

“他？迁就我？什么时候？”母亲瞪大了眼睛，露出一副难以置信的样子。

这反倒让我更加难以置信。“什么时候？他一直都是那样啊。”

母亲大笑起来。“怎么可能！你爸可是一直美滋滋地过着他的悠闲生活呢。”

“哦？是吗？”见茉优附和着母亲，我恨不得立刻举手表示抗议。抗议！被告人为了一己之私，捏造事实真相！

抗议无效——这个声音好像是从我身后的牌位那里传来的。我不禁苦笑，我这可是在为你辩护啊。

“不过，老妈，你是怎么认识老爸的？”

“怎么认识的来着？都是很久以前的事了。”母亲歪着头说道。

“这么重要的事你都忘了啊？”

“都是很久以前的事了，”母亲重复道，“可能是朋友介绍的吧。”

是这样吧？我在心中问不在这里的父亲。

是啊。我已经想到了他的回答。

兜

下雨了。我从大楼后门出来，避开地面的积水，朝着大马路跑去。也许是我的主观印象，每次干这种危险的工作时，好像总是会遇上下雨天，我甚至怀疑自己是不是被雨神附身了。

我抬手看了看表，时间与预想的一致，我松了口气。这时，左臂传来一阵疼痛，衣服破了，露出来的皮肤冒出血来。

这次的对手并没有像医生之前告诉我的那么棘手，但对方用的都是我从未见过的招数和武器，所以也确实没有那么容易解决。只是受了点轻伤就能顺利完成任务，应该谢天谢地了。

我一脚踩进了水坑，水花飞溅。

不论何时，我都习惯在泥泞中前行。我从小就没有亲人，一直低着头走在小胡同里，就这样度过每一天。不知是没怎么读书的关系，还是因为我目光凶恶，我始终没能找到工作。现在好不容易有了饭碗，还是沾满了他人眼泪和鲜血的违法职业。

我只觉得脚下的道路泥泞难行，但往旁边望去，大家却都走在柏油马路上。

难道一辈子都要这样了吗？我很快就有了答案：我的人生，早已注定如此。

我穿过宽阔的马路来到了一条带有拱顶长廊的商业街上。商业街的顶棚对于没有带伞的我来说值得庆幸，但也让我觉得这场雨好像只浇在了我一个人的头上。即使是走在柏油马路上，我也总是会觉得脚下一片泥泞。

我一路小跑，突然有一只手从旁边伸到我面前。

“您好。”那只手上拿着一张传单。

我抬起头，看见一个和我年纪相仿、二十出头的女孩站在面前。我并不想接过传单，但不知什么时候传单已经被我捏在了手里。

我本打算一言不发地继续向前走，那个女孩却指着我的左手说道：“啊，有血。”

“血？哦，没事。”

“都出血了怎么会没事呢？”

“……”是吗？

“你的脸色也不太好，是发生了什么事吗？”

我瞬间警觉起来，难道她是知道了我的职业才明知故问的吗？不过又好像是我多心了。“不，真的没什么。”

“你的表情也挺吓人的。”

“是吗？”

“不如想些高兴的事？脸色也会稍微变好一些。”

女孩亲切的话语令我不由得紧张起来。“我没有什么高兴的事可想。”对于人生，我只能这样答道，“我这种人天生就和开心无缘，简直一团糟。”

“是吗？”女孩的声音轻柔地钻进了我的耳朵，“可是你看上去不像坏人呀。”

我差点笑出声来。我自知罪孽深重，就算贴上“天下第一恶人”的标签拿出去展览都不足为奇。“你看人的眼光——”

“真是不行”四个字还没说出口，女孩就指着我手上的传单说道：“这个你就拿去用吧，能打折呢。”

我低头一看，只见上面写着“儿童乐园盛大开业”。大概是游乐园之类的地方，带着孩子还可以打折吧。想到这里，我不禁苦笑起来：“我没有家人。”

“啊，这样啊。”从女孩的声音里听不出她对此是否感兴趣。“不过……”

“不过什么？”

“不过我觉得你以后会是一个好爸爸呢。”

好像与我此生无缘的东西突然被递到了面前，我感到一阵茫然。过了一会儿，我舒了口气，这是我从未有过的温热气息。

“对、对，你笑起来的感觉才更好嘛。”女孩说道。

我望着她，久久没有回过神来。

图书在版编目（CIP）数据

恐妻家 /（日）伊坂幸太郎著；边大玉译. -- 海口：南海出版公司，2019.11

（伊坂幸太郎作品）

ISBN 978-7-5442-8057-0

Ⅰ. ①恐… Ⅱ. ①伊… ②边… Ⅲ. ①长篇小说－日本－现代 Ⅳ. ①I313.45

中国版本图书馆CIP数据核字（2019）第159159号

著作权合同登记号 图字：30-2019-052

恐妻家

〔日〕伊坂幸太郎 著

边大玉 译

出　　版　南海出版公司　(0898)66568511
　　　　　海口市海秀中路51号星华大厦五楼　邮编 570206
发　　行　新经典发行有限公司
　　　　　电话(010)68423599　邮箱 editor@readinglife.com
经　　销　新华书店

责任编辑　张　锐
特邀编辑　倪莎莎　王　雪
营销编辑　柳艳娇　范雅迪
装帧设计　李照祥
内文制作　王春雪

印　　刷　北京中科印刷有限公司
开　　本　850毫米×1168毫米　1/32
印　　张　9
字　　数　178千
版　　次　2019年11月第1版
印　　次　2025年4月第6次印刷
书　　号　ISBN 978-7-5442-8057-0
定　　价　58.00元